ラストレター

さだまさし

JN148751

朝日文庫

本書は二〇一四年九月、小社より刊行されたものです。

ラストレター

1　米騒動

「コメどうにかしろっつってんだよ、コメ！　いい加減に〝稲刈り〟の気合い出したらどうなんだよ！」

口から泡を飛ばしているのは編成・制作局長の駒井《こまい》。といっても別に彼が腹を空かしているわけじゃない。コメとは「※」のこと。聴取率調査で1％以下の番組は「0・いくつ」じゃなくて全部※で示されるのだ。

駒井の言う稲刈りは米印を脱却することをいう。もちろん、狭い業界用語の一つだ。正直※ではスポンサーがつくことは難しい。といって放送を止めるわけにはいかず、制作費分が赤字になる。我がＪＯＰＲ東亜《とうあ》放送の場合、平均聴取率は都内キイ局四社中、常に第3位という状態で、制作も営業も当然尻に火がついている。

制作局の隅にある大テーブルに集められているのは二十名のプロデューサーやディレクターたちで、この六月付けで局長になった駒井は我が局の聴取率史に大革命を起こすという大望を抱いており、かなり熱い。僕はアナウンス部だから直接この会議に加わる立場にはないが、近くで駒井の大声が聞こえると、さすがに気になるし、彼はきっとこの部屋にいる全員に聞かせたいのだ、とみんなわかってる。

会社で僕は「寺島尚人《てらしまなおと》」という本名ではなく、ボクちゃん、とかボウズ、などと子供扱いで呼ばれる便利なだけの気弱な〝しゃべり屋〟で、ニュースを読めと言われれば定時のニュースも読むし、娯楽番組でふざけろ、と言われれば、どうにか心が折れぬよう、無理矢理必死にテンションを上げてふざける。そういう立場だ。

駒井の檄《げき》を真面目に聞いているのは若手ばかりで、古参の多くは聞き流すだけ。もう、ウチの制作部は個性的すぎる幾多の古参プロデューサーたちによって永年のうちに会社の解放区と化しているのだ。会議中に、急にそわそわし始めたのは銀縁眼鏡で役場の庶務課長みたいな優しい顔の、ディレクター(以下D)中田春男《なかたはるお》で、その態度を見透かして先輩プロデューサー(以下P)の田名網敦雄《たなあみあつお》がからかう。

「なによ、おめまだ煙草吸うの?」

田名網は芸術家肌でいくつか民放祭で賞も取っていて、聴取率には程遠くも、かなり実力のある名Pだ。今は部長で、チーフプロデューサーをしている。脇で一緒に中田をからかうのは古参Pで次長の大川金太郎《おおかわきんたろう》で「煙草なんざ女子供の吸いモンだよおまえ。男は黙って美人の唇」と、下卑た笑顔でジョークを言う。大川は現在はCMばかり作っているが、かつては聴取率王と呼ばれた時期もあったらしい。

「いや、そのちょっと手洗いに」などと中田は応えるが、明らかに目的地は社員食堂のベランダ。喫煙所はその一カ所しかないから夕暮れ時は壮観だ。たくさんの蛍族が集まるというので局では椿山荘《ちんざんそう》とも呼ばれている。

「オ××コぉ‼」突如、部屋中に響き渡るほどの大音声《だいおんじょう》で危険単語が響く。そう、放送局員ならずとも、まともな社会人ならば誰でも凍りつくはずの危険単語が窓を揺らすのである。実は僕の机の対面《トイメン》には、こうして悪辣で下品なこの単語を突如として正々堂々と大声で叫ぶ人物が存在する。その人は我が社でも最古参Pの大越大五郎《おおこしだいごろう》さん。

局でも〝異次元の生きた伝説〟と呼ばれる人で、見てくれがすごい。アンドレ・ザ・ジャイアントそっくりの、大柄で大きな顔。マグマ大使のゴアのようでもあり、ふと見せる優しい顔なんかは、魔法使いサリーちゃんのパパに似ていなくもないと言えなくもない。その人が眉間に皺を寄せて地の底に響くような野太い声で、その「禁止単語」をエヴァ初号機暴走の如くに咆哮《ほうこう》するのだから、もはやこのあたりは無法地帯と呼んで差し支えない。

僕はもう大分慣れたけれども、初めてこの部屋でこの人のこの恐るべき雄叫びを聞いた時は不整脈が出るほど驚いた。だってそれは普通の教育を受け、仮にもラジオ局に勤めようという社会人が、昼日中、会社で大声で叫んじゃうような単語では断じてないものだからだ。しかしながらここにはそれをちゃんと咎《とが》める人物もいないせいで、彼はおよそ五分おき、あるいは日に八十遍以上、きっとその単語を呟くかあるいは叫ぶのである。

女性社員など、初めこそ軽蔑と嫌悪のまなざしを送っていたけど、こういうものはそのうち慣れるようで、これを成長と呼ぶべきかどうかは微妙なところだが、いつの間にか驚きもせず、格別嫌な顔もせずに皆自然にこの部署で生活するようになった。

そうなればなったで彼は面白くないらしく、事情を知らぬ若いアルバイトの女の子などがうっかり近くを通りかかれば、ここぞとばかりにその下品な言葉で吠えつくから、昔は泣き出すウブな娘もいたが、近頃の娘どもにはむしろ面白がられて、ますます彼には面白くない訳である。

僕としてはなぜその言葉が「バカヤロー」や「糞ったれ」ではなくその下品な、他人の膝をカックンと垂直に砕くような単語を選んだのかを、機会があれば尋ねてみたいところだが、怖くてとても聞けない。本来、大越さんも駒井の檄を聞かされるべきだが、この人だけは別格。

大らかに言うなら大越さんは会社に所属しておらず、「生息」している感じで、どうして普通の放送局にこういった奇跡的な人物が現れたのか、魅力的で不思議だ。局の「一人秘宝館」と言っていいと思う。

ところが実は彼は四十年近くにもわたって、たった一人でカソリックの宗教番組を作り続け、ローマ教皇庁から三度も叙勲のあった人だと聞けばみんなもっと驚く。古株Pの田名網や大川は大越さんが真面目な宗教番組しかやっていないからその反動だと言うが、僕は半分当たって半分は外れているような気がする。

なぜならその言葉を吐き散らす瞬間の大越さんの目が寂しげなのを知っているからだ。

「お、おいボウズ」大越さんが急に顔を上げて僕を呼んだので危うく心臓麻痺を起こすところだった。

「はい」と声が裏返るけれども、平然とした振りで顔を上げる。

ちょっとこっち来い、大越さんが目顔で僕を呼ぶ。やだな、と思っても顔に出さない。大越さんは僕には妙に優しいところがあるからだ。

「おう、ボウズ、お、おめえよお」

大越さんは職業を間違えたと思う。放送局なんかにいてはいけない。街金の取り立ての、即戦力じゃないかと思う。

「あのバカの話まともに聞くんじゃねえぞ」地の底を這《は》うような声で急にそう言った。

「たかだか三千人が適当に書いた調査票なんか相手にするんじゃねえ！」

お、聴取率調査の話だ。

ちゃんと聞いてたんだ。

テレビの視聴率は首都圏六百軒の家庭に機械を取り付けて調査され、その家庭は二年ごとに変更される。即ち元々テレビ好きの、たかだか六百軒のうち何軒が見ているかを〝視聴率〟と呼ぶ訳でテレビ局にはたまらない気がするが、統計学上その数字で十分だという。一方ラジオは、二カ月に一度、その時間に何を聴いていたか三千人にアンケート調査をするやり方。言わばその調査週間がすべてだ。ラジオは利用方法が多種。自動車内で、あるいは店先のラジオで、最近ではスマートフォンやパソコンでも聴けるから、機械調査は不可能で、直接聴取者本人に聞くしか手はない訳だ。

大越さんはそのへんのことを、いかにも彼なりのざっくりとした言い方で僕を諭《さと》しているのだ。

「ちょ、聴取率ってのぁ、都合の良いときだけ信じりゃいいおみくじみてえなモンなんだ」

大越さんは野太いが柔らかい声でそう言う。

「※がどうの言ってたろうがぁ……あのバカ」

局長の駒井のことだ。この部屋の中で駒井を大声でバカ呼ばわりできるのは大越さん以外には、あとは大川とか田名網とか、ハッピー鈴木《すずき》とか、次長の神蔵和雄《かみくらかずお》。あ、結構いるな、とむしろその多さに驚いたりする。

「よく聞けボウズ」大越さんはぐっとその大きな顔を僕に近づけると小声で唸《うな》った。

「俺はよぉ……自分の番組が※じゃなくて正数だったことがなぁ……ただの一度だって

ありゃしねえんだ！」そして部屋中に響き渡るような声で例の言葉を怒鳴り上げるのだ。

「わかるか、この……オ×××ヤロー！」

ふと、大テーブルの全員が一斉にこちらを振り返るのがわかる。しかしすぐにまた何事もなかったかのように自分たちの話に戻る。

これはこれですごい光景だ。

「昔の深夜放送には体温があった」

大越さんは今度は囁《ささや》くように言った。

「たかが一枚の葉書を書くのに、ものすげぇ勇気が要《い》ってよ、書いたって読まれねえのによ」

古き良き深夜放送。子供ながらに、深夜一緒に起きていてくれる人があるだけで心強く、誰にも言えない悩みや笑い話を日記のように葉書に書いてその人に送った記憶がある。読まれずとも、書くというだけで救われることは確かにあるのだ。

「それを今はツイッターだメールだファクスだラインだろが……」大越さんがため息をついた。

「ヒステリックに思いついたことを際限なく吐き散らす、匿名のバカどものストレスのはけ口からは本当の体温は伝わらねぇ。わかるか？」

大越さんという人が、じっと宗教番組だけやってきた理由が今、おぼろげながら少しわかる気がした。

「今はよ、腹ん中で舌出して嘘でも演じられるキャラの時代だ。だが、いいかボウズ、気づけ。時代はすでに違う。演じられない〝人格そのもの〟の時代だ。当たり障りのない情報番組や軽い芸人の生活の垢《あか》で笑わされることにすでに飽きてるんだ。おい、聞いてるかボウズ」

「あ、はい」

「今世間が求めているのはよ、一緒に泣いて、一緒に笑ってくれる、心のこもった、本当のパーソナリティよ。つまりよ、精神の時代に入ったんだ。いいか※印など恐れるな。誤魔化さずにじっと一途に体温さえ伝えてれば、数字なんぞあとから黙ってついてくるんだ。わかったか！　この、オ×××ヤロー！」

この単語に慣れてきてる自分が少し怖い。でも、なるほどそりゃそうだな、と思う。大越さんの番組は毎朝5時前の十分番組で、大体その時間に起きている人の絶対数が少ないから調査しない。だからすべて※印。

あ、でも「※」といってもその時間だって聴取者はいるわけで、仮に総数三千人なら、その1パーセント未満でも、最大二十九人は聴いている可能性がある。三万人になれば二百九十九人。実際その時間に何人が聴いているかわからないが、万が一、三十万人も聴いていたら「※」でも二千人以上が聴いている可能性があるじゃない？　と妙に背中を押される。

「あの、大越さん」

僕は思い切って尋ねた。

「何だ、オ×××ヤロー！」

やっぱさすがにその単語にくたびれてくる。

「あの、それ、制作の人に言ってあげた方が」

「何！」大越さんが珍しく膝をカックンした。

「お？　ありゃ？　おめえ、制作じゃねえのか」

「あのぉ……僕アナウンサーです」

大越さん、急に上目遣いの三白眼《さんぱくがん》になった。あ、この一瞬の沈黙が怖い。と思ったら、いきなり、がはははと笑い出した。

「お、そ、そうだったなあ。ボウズ、アナウンサーだ」それから真顔で僕に顔を近づけた。

「ま、どうでもいいや。とにかく、あのバカどもにそう言ってこい」

「は？」

「ひとはよ、皆、小さな人生を、歯ぁ食いしばって生きてんだ。そいつらの切ない叫びを黙って聞いてやったらどうだ！　って、あのバカたちに言ってこい。俺がそう言ってると。おいっ！　視聴覚教育って言葉を忘れたかって、とっとと言ってこいっつってんだ！　この、オ×××ヤロー！」

さすがに大テーブルが奇妙に静まり返る。みんなこっち見てる。ああ、もうしょうがない。大越さん、僕のことじいっと血走った目で睨《にら》むし。そこで僕は肩をすくめ、おどおどと立ち上がった。参ったなあ。

駒井は駒井で意気込んでいるんだから、大越さんの言葉をそのままなんて伝えにくいじゃない？　そう思いながら仕方なく近づいてゆくと、北関東訛《なま》りで温かい人柄が好かれている名物Pのハッピー鈴木が噴き出している。

「ボクちゃん、何叱られてたんだよ」

「いえあの、素晴らしい……ご意見を伺ってたんです」

「なんだ、テラ。何か言いたいことがあるなら言ってみな！　今よ、俺は※印一掃の……数字の話してんだからな！　そのへんはわかってんだろな！」駒井が僕にそう言った。

駒井は※印と一緒に大越さんまで一掃したいのだろうか。

そう思った途端、何だか大越さんのあの熱い言葉と目の光が僕の胸に燃え移った気がした。

ええい！　数字数字とうるせえな、と。

……その時、僕の中で何かが確かにぶっつりと切れたかも知れない。

ちらりと大越さんを見やる。

「あの……深夜放送の体温を復活したらどうでしょう」

「何？」一斉に全員が顔を上げた。

「やってるじゃねえかよ、今も」

「いいえ、お笑いの人やアイドルが無目的に雑談するという体《てい》のじゃなくて……」

「ふむ。テラ、わかりやすく言え」

駒井が腕組みをして顎《あご》で座れと言った。大テーブルの末席につく。ここに至って、僕はようやく開き直ることになる。

「これはその……大越さんの言葉ですが……キャラで誤魔化せる時代は終わった、精神の時代に入ったんだ、と。今必要なのは一緒に泣いてくれる……誤魔化せない〝パーソナリティ〟だ……って……これ……正しいと思います！」

「うむ。それで？」

駒井が腕組みをしたまま睨む。

「自分が小さな人生を生きてるってみんなわかってるんです。でも、僕もそうですが、自分が一山いくらだなんて思いたくないんです。そんな小さな自分を伝えたいと誰もが思っていると思います。思いつきの書き殴りじゃない、書くだけで救われるような……そんな葉書を……小声で、ただひたすら愚直に読んであげる……大事な何かが伝わるようなのは深夜かな？　と……」

「テラ、おめえ、自分で何言ってんのかわかってんのか、おい」

駒井が僕をキッと睨んだ。

まるで場違いな言葉を笑うようなまなざしを見た瞬間、僕の中で、さらに、もっともっと太い何かがまたぶっつん、と切れたのだった。

そうして僕は思いがけないことに、とんでもない言葉を口走ってしまったのだ。

「視聴覚教育って言葉を思い出せ！　とにかく誤魔化さず、正しいと思うことをやってれば数字なんか黙ってついてくるんだよ、わかんねえのか!?　この、オ×××ヤロー！　って仰ってます」

全員呆然と、変な生き物でも見るような顔で僕を見ている。僕がおかしくなったのかと思ったろう。振り向くと、大越さんがぽかんと口を開け、目を点にしてこちらを見た。

2　視聴覚教育

東亜放送の「ラジオまっぴるま」は人気若手落語家、赤西家吉《あかにしやきち》べゑがメインキャスターの昼の情報番組で、僕は〝不可思議実験報告〟というコーナーを担当し、〈不可思議研究所の所長〉という設定だ。

といっても、ほぼ世の中の役に立たないコーナーで、研究課題は放送作家の内田英一《うちだえいいち》とDの堀尾《ほりお》が考える。例えば「鰻と梅干しの食い合わせは本当に悪いのか」をテーマに実際に備長炭《びんちょうずみ》で焼いた鰻（並）を食べながら紀州南高梅《なんこうばい》を同時に七つ食べる、とかだが、もちろん美味しい実験ばかりではない。「五十歩百歩は本当に大して違わないのか確認」のために浦安の遠浅の浜を五十歩と百歩とで歩き比べて溺れかかったことだってある。つまり駆け出しの僕は小間使いだ。

今週の研究課題は猫で、今日などは「猫は本当にマタタビ好きかの確認」という指令。マイクを握りしめ「マタタビ！　ファイアー！」と叫びながら新宿区若葉二丁目の雑貨屋の角のポストの脇でマタタビの粉にチャッカマンで火をつけたら驚いた。あっという間に十八匹の猫がどこかから現れ、マタタビの煙に群がって喉を鳴らしながら恍惚の体でヘロヘロになって横たわってしまったのだ。

面白いけど、狭い一方通行だから車は渋滞する、クラクションは鳴らされる、雑貨屋のお母さんには怒鳴られる、金髪にカーラー巻いた地方訛りのお姉さんがメリル、だかメロロだかと愛猫の名を叫びつつ抱きしめて号泣する、お巡りさんには説教される、と散々な目に遭った。

肩を落としてスタジオに戻ると、人に呼びかける時「ｙｏｕ！」と右手の人差し指でさすDの堀尾が「バッカだねえ」と腹を抱えて笑ったあと「猫ってマジ、マタタビで酔っぱらうんだなあ。じゃ、ｙｏｕ！　次は上野動物園の虎の檻の前でやるか」だと。捕まるぞ、あんた。

堀尾の伝説は一杯ある。背が低いのでいつも四谷三丁目の消防署の先のエスエー・シューズで特注した踵高《かかとだか》二〇センチの黒のロンドンブーツを履いている。公開番組になるとラジオなのに出演者やゲストを差し置いて、自分だけ銀色のブーツ、アイドルふうの襟の大きなシャツに着替え、甲高《かんだか》い声で「ｃｕｅ《キュー》！」と叫び、右手の人差し指を速球投手のごとく、ものすごい勢いで振り下ろして喋り出しの合図を出す。

あるスタジオ内での公開録音の時、彼はガラスの向こうの副調整室にいたのだが「公開番組」なので当然ブーツもシャツも着替えている。

にもかかわらず一般客からは自分が見えにくいことが彼の自己顕示欲に火をつけた。ガラスの向こうの仕草が普段より大きくなり「キュー！」と叫びながら振り下ろした人差し指を、目の前のガラスにぶち当てて複雑骨折をしたのだ。

ああ、どうしてウチにはこんな人ばかりいるのだ？　と思うけど、かくも堂々と生きられるという環境は、ある意味「楽園の一種」だと思うようになってきている。

「おまえさん、一杯行くよ」

僕が午後7時、定時のニュースを読み終えてアナウンス部に戻ってくると、待ち構えていたようにPの田名網がそう言った。今日は大越さんの姿が見えない。入り口のボードを見ると〈大越＝取材↓直帰〉とある。へえ、大越さんが取材とは珍しい、とボードを見ながら考えていると、それに気づいた大川が、

「教会の尼さん口説いてるんじゃね？」

「まさかあの人、いつもみたくオ×××って叫んでねえよな」

田名網が噴き出してそんなことを言うと、向こうから柔らかな北関東のイントネーションで、「尼さんだったら、おお、イエス！　とか言うんじゃネ？」ハッピー鈴木がじゃれるようにそう言う。

　大越さんがいないだけで、この部屋が静かだ。いや、静かなだけでなく、上品でもある。しかし上品だがフツーでつまらない。この奇妙なちぐはぐさに驚く。大越さんのあの危険語の連呼は、実は僕らの仕事のテンポを作っていたのかも、といえば言い過ぎだが、少なくとも大越さんの存在は僕にとっての〝職場〟のアイデンティティーなのかも知れない。

　僕が制作局長に、大越さんの好きなその下品な言葉に「ヤロー」まで付けて叫んだ先日の騒ぎは、すでに我が社では奇妙な武勇伝として、有ること無いこと広まっており、ほら吹きで有名な営業課長の外谷《そとや》輝男《てるお》の言がすごい。

「その時寺島尚人、鬼のような形相で、〝このオ×××ヤロー！〟と叫んだかと思うと駒井をずん、と突き飛ばし、クリント・イーストウッドがマグナム銃で悪漢の耳元のビ

ール瓶を撃ち割るような仕草で、局長を指さしたあと、わかったか！　と捨て台詞《ぜりふ》を吐き、颯爽《さっそう》と自分の席に戻り、何事もなかったかのようにニュース原稿の下読みを始めた」などと、見てきたようなオソロシー嘘を言いふらしているのだ。

普段、僕がみんなにボクちゃんとかボウズ、と呼ばれて顎で使われている印象が局内にはあるから、みんなには意外で面白いエピソードだったのかも知れないが、もちろん事実ではない。僕は大越さんの言う正論を局長に伝えたあと、大越さんの真似をしただけ、のつもりだった。

第一、僕が好んでその下品な言葉を吐き散らす訳がないし、ましてや局長を突き飛ばす筈《はず》がないのだ。しかしあれ以後、社内のエレベータで乗り合わせる局員が皆ニヤニヤしながら「やるねー」だの「聞ぃたよーん」などと肘でつついたりする。

ああ、人の噂などというものはこうして尾鰭《おひれ》が付いて広まり、いつしか僕もこの局の変人の一人に組み込まれてゆくのだな、と膝の力が抜けてゆく。

四谷二丁目から新宿通り沿いに歩き、三丁目の少し手前を靖国通り方面へ曲がったあたり。居酒屋〝ちょい都《と》〟の小上がりに田名網と二人、向かい合ったのが午後8時少し前。

「ああ、今日も負けたかスワローズ。交流戦でも勝てないねぇ」

小型テレビを覗き込んで舌打ちしているのは店主の都勇太郎《みやこゆうたろう》で、今年四十五歳。九州長崎の中学を出てからすぐに上京して赤坂の高級料理屋で修業を始め、真面目で才能がある、というので二十二歳の時に独立を許されたが、三年の御礼奉公を経てここに店を開き二十年になる。店はカウンターに八つほどの座席があって、脇にそれぞれ五、六人用のテーブルが二つ並んだ小上がりという造り。

ウチの局員にもファンが多い。

カウンターの棚の大皿に京風の「おばんざい」が毎日素材を変えて八種類ほど並んでおり、好きな物を頼んでつまみにする。

酒は黒龍《こくりゅう》や十四代のような名酒から洋酒、焼酎、ホッピーまで酒飲みのほとんどが納得するくらい揃っている。〆《しめ》には鯛茶漬けや長崎ちゃんぽん、皿うどん、賄《まかな》いのカレーやラーメン、蕎麦と何でも出てくる、そんな店だ。店の顔は奥さんの時子《ときこ》さんで店主より四つ五つ歳上らしいが誰も本当の歳は知らない。ただ、ずんと若く、どう見ても四十でこぼこ。

スリムというには少し痩せぎすで、ちょいと鼻にかかるハスキーな声で誰かの注文に「あいよぉ」と優しく応える。驚くほどの美人ではないが古参Pの大川に言わせるとあいうのが男心を最もくすぐる、のだそうだ。

僕と田名網がひとまず生ビールを頼んでそれに口を付けるかどうかの間でハッピー鈴木が「どもね」と入ってきてビールを頼んだ。

ハッピー鈴木は本名鈴木卓郎《たくろう》。新米ディレクター当時、まだウチの局アナだった名司会者土居《どい》まさろうに付けてもらった渾名《あだな》だそうで、今では名刺に本名は書かず、似顔絵付きの寄席文字で〝ハッピー鈴木〟と堂々と書いてある。出身は水戸で自身の北関東訛りは自慢の自虐ネタ。駄洒落《だじゃれ》が生き甲斐で、人が面白い駄洒落を言うと悔しそうな笑顔で「ウマイ!!」と叫ぶ。

生放送中でも副調整室からマイクをオンにして電波の中に乱入してくるので有名だ。この人も変人連の一人で、とにかくウチの制作部には〝フツーの人〟は存在しない。

「この間のさ」田名綱が僕の目を覗き込んだ。

「おまえさんの演説。あれ、良かったぜ」

「ああ、あれはね僕もぐっときましたよ」とハッピー鈴木。

「なんか、ものすごい武勇伝になって広がっちゃってて困るんですけど」

「別にいいじゃあねえの」そう言いながら田名綱が時子さんに三種ほどのつまみを頼んで焼酎〝島美人〟をキープ。

「確かに俺ぁこの閉塞感に苛々していたのよ」

〝島美人〟のキャップを捻《ひね》って開け、口広のグラスにやや大きめの氷を二塊放り込んで焼酎を注ぎ、ロックでいいよな、と言いながら僕の目の前に置いた。

「辟易《へきえき》してるんだよ。今のこの国の〝興味の質〟にさ」妙に神妙な声で田名綱が言った。

「のべつ雛壇に芸人集めて駄弁《だべ》るの、テレビでやってるだろ。あれ、面白いのか？　真っ昼間から夜中まであれだぜ、さもなきゃ芸人たちがダラダラ商店街歩いて食べ物せびるみたいな、今のテレビ」

「ピンできちんとできるのもいるんだけどねえ。一人で責任取るのが怖い時に人間って集団作るんだってよ」

「そういえばあれだな、正義の味方もアイドルもみんな集団になっちゃったなあ」と田名網。なるほど。

「そのうち48レンジャーじゃね？」と鈴木。

「毎週ジャンケンでセンター決めるってか？」

「ウマイ!!」

　鈴木、悔しそうに噴き出す。

「そこへおまえさんのあの演説だよ」

　おじさん二人が妙に納得し合って頷き合っている。

「な、あん時さ、おまえさん、小さな人生がどうたら言っただろ？」

「大越さんの言葉のまんまなんです。世間が求めているのは、一緒に泣いて、笑ってくれる、心のこもった、パーソナリティだろうって……精神の時代に入ったって……」

「ふむ。精神の時代ねえ。……鈴木、精神で駄洒落考えなくていいから」

「誠心誠意考えマース」

「それと……みんな小さな人生を歯ぁ食いしばって生きてるって」

　あ、スルーなんだ。思わず噴きそうになる。

「その切ない叫びを黙って聞いてやれって。視聴覚教育って言葉を忘れたか、と……」

　言い終えると田名網は黙って頷く。それから焼酎のボトルを持ち上げ、自分のグラスに氷を一塊放り込み、その上にごぼごぼっと注いだ。

「なっつかしい言葉だなぁ、おい。視聴覚教育ってのぁ」

「放送事業が始まった昔はアレだよね、メディアは教育ツールそのものだったんだよね。視聴覚教育。市長が今日行く？」と鈴木の駄洒落。

「俺たちの世代って、メディアの責任についてずいぶん言われた時代なんだよ」と田名網。

　あ、鈴木の洒落、またスルーなんだ。

「今みたいに報道の自由だの表現の自由だのって〝利己主義の武器〟が幅利《き》かす前のことさね。みんなで一所懸命この国を良い国にしようって頑張ってた時代の半死半生語だよ」

「もう死語じゃね？　しご二十年」

「大越さんはさ、ある意味、世間とメディアが本気で向き合ってた、メディアのいちばん良い時代から生きてる人だからね」と田名網。頷きながら鈴木が焼酎のボトルを持ち上げる。

「あ、サッカーがある、サッカー食べない？」

鈴木がカウンターに立てかけた小さな黒板に書かれた〝本日のおすすめ〟を見て不意にそう言う。

「サッカーって、なんだ？」と田名網。

「あ、サッカーじゃなくてホッケ」

「お前、本気で殴るぞ」

「時子さん！　サッカー一枚焼いて」

「あいよぉ。ホッケね」

「ほら、わかる人にはわかる」

「ってやんでぇ」鼻白んだように顔の片側だけで笑うと田名網が真面目な顔で僕に向き直った。

「※印ひとつ、おまえさんに預けようと思うが、やる気あるか？　駒井局長も承知だ」

一瞬息を呑む。

「ば……番組の話ですか？」

「毎週土曜日の夜23時から0時半までの一時間半。23時台はよ、五年ほどずっと※だ」

「土曜日の夜23時から……い、一時間半ですか？」少し声が上ずる。

「ま、0時以後は聴取率調査もしない全国的に※印な時間だけどな。もちろん生放送だぞ。録音なんて時間と金の無駄だし、タレント使えば金がかかる。その点おまえさん局アナだろ？　業務だからタダ。あとはボランティアのスタッフ探しだ」

「僕、キュー振ろうか？」

鈴木が冷やかすように言った。

「よし、それで決まりだな」

「あれ、冗談でしょ、僕がキュー振るって……」

「急に振ったのはおまえさん」

「ウマイ!!」

「ともかく、どうだ。その代わり何やってもいいぜ。どうせ※印だからな」

もちろん僕はこれまで自分の看板番組など持ったことはない。考えたことだってない。バラエティの応援や、中継カーでのリポート、商店街での客集めの前説《まえせつ》以外は真面目にニュースを読むくらい。人生でも主役を張ったことなどない。自慢じゃないがそれは小、中、高、大学時代を通じて言える。

「あのう」と僕は思い切って尋ねた。

「それはその……局長に対する暴言とかなんとかでの……いわゆる懲罰的なその……意

味合いでしょうか？」

「おまえさん、何言ってるの？」

　田名網が僕を睨んだ。

「腰引けてるの？　いったい、大越さんから何を教わったの？　それが万が一懲罰だろうが褒美だろうが、おまえさんの言っていた小さな人生を懸命に生きてる連中の代弁者になるチャンスじゃないの？　代弁者になりたいんじゃなかったのかい？」

「大便したら水に流すんだよね」鈴木が呟くが今日はことごとくスルーだ。

「歯ぁ食いしばって生きてるやつらの叫びを黙って聞いてやりたいって言ってたろうが！　視聴覚教育って言葉を忘れたかってよ！　俺はおまえさんのその言葉に感動したんだ！」

　そして田名網はここんとこ見せなかった情熱をほとばしらせ、自らの言葉に酔いしれるように大声で叫んだのだった。

「びくびくすんな！　数字なんてあとからついてくるんだよ、わかったか、このオ××××ヤロー!!」

　時子さんが冷たい目でこちらを見た。

「へえ……案外……気持ちいいもんだな」

　目をパチパチさせながら田名網が呟いた。

3　土曜、どうよう

JOPR東亜放送本社は四谷二丁目の交差点を少し入った新宿区若葉一丁目にある。元々はカソリックの聖パウロ教会が設立した放送局で、自慢じゃないが東京で二番目に古い民放になる。経済上の理由で教会が経営から退いたあと、教育関係の出版社、曜《よう》文社《ぶんしゃ》の経営に代わり株式会社になった。でも株の公開はしていないからどんなにライブドアが買おうと思っても買えなかったわけ。曜文社の経営下、受験生向けの講座番組が始まり、当時はかなりユニークな放送局の一つと言われた。

現在は大印刷出版社の経営下にあって、数年後に浜松町駅前の新社屋への移転が計画されている。確かに本社の建物はかなり老朽化していて問題も多い。何しろ元が教会だったので様々な伝説に満ちた建物なのだ。

殊《こと》に第5スタジオは元の聖堂を利用しているからか、時折妙な物を目撃した、あるいは夜中に独りで編集作業をしてると変な物音が聞こえる、などという怪奇譚《たん》には事欠かない。中には尼さんが横切るのを見た、などという者まで現れるくらいなのだ。

有名な東海道四谷怪談に出てくる通称お岩稲荷《いわいなり》が交差点三つほど先の四谷三丁目付近にあるため、新・四谷怪談などと面白がって拡がっていった節もある。確かに5スタ

（元聖堂）の奥の高い壁の中ほどには垂直に鉄製の梯子《はしご》が取り付けてあるのだが、上も下も途中で切れているため、どうやってそこへ行くのか、いったい誰が、何をするためにに作ったのか理由がわからない。駄洒落の好きなハッピー鈴木に言わせれば、「これがホントの四谷階段」なのらしい。

「最も危険なのは5スタじゃなくて地下のトイレだよ。あそこは確実に何か棲《す》んでる。軟らかいウンコ、じゃなくてサ、なんべんも変な物音聞いたよ。一度録音機仕掛けてみようか？　音入れ、なんちて」

彼はいつもニコリともせずに嘘とも本当ともつかない話をするので大して当てにはならない。

鈴木は東亜放送のかつての看板番組の一つ「フォー・ヤング」の有名Dの一人で、いく度も伝説的な放送をしてきた。大ブレイクするずっと前に、マジシャンの〝ミスター・マジック〟をラジオの公開放送に呼び、火のついた煙草がコインを貫通するマジックや、観客から借りた指輪がレモンの中から出てくるマジックなどを披露させた強者《つわもの》だ。

当時ラジオでマジックをやらせてどうする、という批判もあったようだが、ラジオを聴いていたら、スタジオでマジックが披露される度「ヒエー！」とか「きゃあ！」あるいは「おおお！」という観客の感動の叫び声がするだけで当然何も見えない。にもかかわらず聴取者の反応は大きく「その場で見ているより興奮した」だの「ラジオ史上最高の演出」と言う人まで現れ、批判の火は緩やかに消えた。この時、鈴木は東亜放送史には残らないけど「ラジオは見える」という名言を残している。

「新番組、やるんだってね」僕はこのところエレベータの中で局員からそう囁かれることが多くなった。どうやら僕が駒井局長に直談判をして深夜番組のパーソナリティを買って出た、という噂が流れているらしく、中には少しばかり嫌みっぽく吹聴する人もあるが、もちろん、それらは全くの誤解だ。

局アナがパーソナリティの深夜放送が一時代を作った頃もあったけど、それは遠い遠い昔の話だ。

僕、「寺島尚人」というアナウンサーは一般的には、ほぼ無名であって、局内でもボクちゃんだとかボウズ、と呼ばれるような、小間使いの便利な新米アナの一人に過ぎない。

ただあの時、ちょうど僕の向かい側の席に座る〝異次元の生きた伝説〟大越さんに説教され、そのお使いのような気分で「視聴覚教育」だとか「数字はあとからついてくる」などという言葉を制作会議で発しちゃったものだから、それが僕の発言として話題になってしまった訳。僕としては大越さんの言葉を伝えただけ、なのだけれど。

「テラちゃわーん」

「ラジオまっぴるま」の中継を終えて、へとへとになって局に戻って来たら、廊下でニヤニヤしながら声をかけてきたのは営業課長の外谷輝男と祢津《ねづ》一彦《かずひこ》の二人だ。

彼らは僕をボウズ、とかボクちゃんと呼ばずにテラちゃんと呼んでくれるのだが、特に外谷は妙に語尾を伸ばすから「テラちゃん」ではなくて「テラちゃわーん」あるいは「テラちゅわーん」になる。二人とも営業畑一筋。いかにもギョーカイ的で人懐こくて軽いノリ、雑な風呂敷の広げ方など、いわゆるテキトーなイメージのキャラだけれども、なぜか僕には優しい。いい加減そうに見えるにもかかわらず不思議に営業成績は一、二を争うという、謎の二人組なのだ。

「あ、お疲れ様です」

「聞いたよぉーん。※印番組一掃計画ぶち上げたんだってね」と外谷がガムを噛むような喋り方で、にたりと笑う。

「いいえ、あの、それ、誤解です。あの……」

「いい話だよー、おいらたちは応援するぜぇ。営業的にはサ、有り難いのよね、※印一掃計画」

外谷が人の好さそうな笑顔で言葉を探す。

「そういうことを言う社員が出てきたっつうことがマジ嬉しいよ、いや、これホント」

褒めてくれてるらしいんだけど何だかはぐらかされているような、ただおだてられてるだけのような、奇妙な気になる。

「ま、何か困ったら一声かけてよ」

「それとサ、売れてもすぐ独立しないでよーーん」

そう言って二人は去って行ったのだが、「何か困ったら声かけて」は政治家で言えば「前向きに検討する」というのと同じで、まあ、何もできないけど頑張って、という意味だ。かえってくたびれるじゃないすか。

今週の「ラジオまっぴるま」の〝不可思議実験報告〟のテーマは「犬猿の仲は本当か⁉︎」。Dの堀尾と放送作家の内田はよくも毎度バカバカしいテーマを思いつくものだと思う。他人事《ひとごと》と思えば確かに面白いが、やる身は大変。

今日は、実証実験のために日光猿軍団に頼み込んで人気の調教師の和《かず》ちゃんと猿のハチローに来てもらった。

僕が四谷の路地の民家で飼われている犬を見つけ、事情を話して許可を得るわけだが、これが難しい。なかなか昔のように路地に犬の気配がしないのだ。ようやく玄関に貼られた〝猛犬注意〟のシールを頼りにお願いに上がっても、飼い主にしてみれば万が一、猿に怪我でもさせられるのは嫌だし、逆に怪我をさせても困るし、とまあ、その交渉におよそ二時間。

やっと中継に入ったら猿は寝るし、犬は無視する。無理矢理僕が猿を抱きかかえて犬に近づいたけど、犬はさらに無視。万策尽きて僕が猿を抱え、調教師の和ちゃんにインタビューという有様だ。

スタジオとやりとりするのだが、キャスターの赤西家吉べゑはそのぐだぐださに笑うばかり。困り果てた僕が猿を抱いたまま偶然そのあたりにいた猫に近づいてみると、猫は毛を逆立てて唸る、猿も歯を剝いて威嚇する。それを見て犬は吠え始める、そこへ猫の飼い主の、夜勤めのお姉さんが髪にカーラーを巻いたまま飛び出してきて泣き叫び、僕を口汚く罵《ののし》る。スタジオは大爆笑。

猿が思い切りしがみつくものだから僕の腕とか胸は猿の爪でつねったような内出血と擦過傷《さつかしよう》。まさに這々《ほうほう》の体で局へ戻ると、

「猫かよ。猫かぁ」堀尾Dがまだ笑ってる。

「じゃｙｏｕ！　次はあれだな、お前、動物園行って虎とゴリラ、対決させろ」捕まるぞ、本当に。

毎度のようにへとへとになって机に戻って座ると、ハッピー鈴木がわざわざ僕の机までどっかからパイプ椅子持ってやってきて腰掛けた。

「ね、田名網の話、どーすんの？　返事した？」

「あ、番組の話ですか？」

「土曜の深夜。どーよー」

「業務命令でしたら、当然やりますけど」

「ボクちゃん、田名網の話ちゃんと聞いてた？　やる気があるなら任せるって、そういう話だったじゃない？　命令とか、そういうのじゃ……」

「僕には荷が勝ち過ぎません？」

「荷物の重さじゃなくてね、かつぐ気力の話してんの。あれ？　何か変な噂気にしてる？」

「自分だけ売りにいった、みたいな話が拡がっちゃって……」

「やっぱりなあ。そゆところがボクちゃんの限界なのよ。いい？　他人は命懸けで人の噂話なんかしないの。気にする方が損。世間にはちょいとしたトピックってだけ。君にはいいチャンスだと思うよ。どう？　今夜帰りに、ちょい都で一杯やる？」

「はあ……」

　鈴木が去ったあと、知らず知らず僕は一人で大きなため息をついた。

　ふと視線を感じて顔を上げて心臓が止まるかと思った。大越さんの大きな顔がこちらを睨んでいたのだ。

　今日は大越さんの雄叫びがあまり聞こえなかったから、あの人が僕の真向かいに座ってることをすっかり忘れていた。

　大越さんはみんなの噂をどう受け止めてるんだろう。少なくとも大越さんにはいくばくかの責任はあると思うんだけど、と、悔しくなってちらりと大越さんを恨めしそうな目で睨みつけて失敗した。

大越さんはすごく大きな目をぐっと見開いて眉間に皺を寄せ、まだこちらを睨んでいた。

思わずのけぞってしまった勢いで僕はそのまま席を立ち、トイレへ逃げた。

＊

「ビールでいい？」

〝ちょい都〟に入ってゆくと鈴木が小上がりから顔を出し、手を振りながらそう言った。

「あいよぉ」時子さんが色っぽい返事をする。

「番組をやる前提で話すけど、そんでいい？」

座るなり、いきなり鈴木はそう切り出す。

「僕に……できますか？　ねえ？」

「為せばなる、為さねばならぬ何事も、ナセルはエジプト大統領。あはは。もう……ナセルなんてだーれも知らないか」

「俺は知ってるよ」ふいに背中で声がしたので振り返って驚いた。

局長の駒井がいた。

「そこ、座っていいか？」顎で僕の隣をさし、返事をする暇もなくずずん、と座った。

「おう、俺の酒、こっちくれ」

駒井はちょっと前からカウンターで飲んでいる様子。会社にいる時とは違ってずいぶん柔和な顔だ。あ、今気づいたが駒井が誰かに似ていると思っていたけど、素浪人月影《つきかげ》兵庫《ひょうご》の焼津の半次《はんじ》に似てる。

「三島由紀夫《みしまゆきお》が市ヶ谷の自衛隊で割腹自殺したとき、東亜放送だけが三島の肉声を完全録音した。それは知ってるな？」

「今の三井《みつい》社長が木の枝にマイクを結びつけてあれだけの騒音の中、三島の檄を唯一完全に録音した人だってのはもちろん知ってます」

「その当時、新米記者だったんだぜ」

「え！　そうなんですか？」

「新米記者の大スクープだったたって、俺も入社してから聞いた話だけどな。テラ、お前何年目だ」

「四年目です」

「ふうん」駒井は日本酒だ。

「飲むか？」駒井は鈴木のグラスに酒を注ぎながら、

「社長がそういう人物だからか……」と、呟くように話す。

「ま……ウチの局はよ、元がカソリック教会だからって訳じゃないだろうが、やれ売り上げとか、聴取率とかばっかり気にする局じゃないと思う。俺はね、企業としては……それじゃ」

そう言いながらグラスの酒を口に運ぶ。あ、十四代をキープしてる。

山形の名酒だよ。それをキープ。しかも常温。通ですねえ。

「冷やって言え、冷やって。ったく今時の奴ときたら冷やって言うと冷酒出してきやがる。冷やって言やあ常温に決まってんだろが。この間、新橋の店の若い店員に酒くれって言ったらよ、麦ですかソバですかって言いやがる。米に決まってんだろって言ってやったけど」

駒井は少し上気した顔で機嫌がいい。

「あ、米で思い出したぞ。※印の話な。あの時、本当言うとな、視聴覚教育って言葉を思い出せって言葉は、実は、胸にグンと来た」

「あれはその、大越さんの……」

「ンなこたぁ、わかってるよ。いいから聞け。その……必死で生きてる奴の叫びをテラ、……聞いてやれよ」

言葉が出ない。

「ただなテラ、問題は山積みだ。全部お前に任せる、何をやってもいい。だがスポンサー探しもやれ」

だろ?」

「ばあか、やりたいことをやるなら、そういう心構えでやれってことだよ。まさかお前に営業ができるとは思わねえよ。だいいち、お前電波料が十分いくらかなんて知らねえだろ?」

「あ、確かに」

「だから駄目なんだ。いいか、お前の理想を走りたきゃ第一歩から関われって言ってるんだ。わかるか?」

その通りだ。所詮《しょせん》一人では何もできない。僕は確かに営業の苦労も制作の苦労も真剣に考えたことはこれまでになかった。でも、営業や制作は専門職のようなもの。

「できますかねえ。僕に……」

「お前なぁ……」駒井が何か言いかけた時だった。大音声でアノ雄叫びが店中に響いた。

「やっぱりここだったか、オ×××ヤロー!」

二秒ほどは確実に心臓が止まった。

入り口のあたりで鬼のような形相であの大越さんが立っている。それから大越さんは大きな身体を少しかがめるようにして店に入ってきて僕らの小上がりのところで仁王立ちになって言った。

「こ、駒井くん、こいつにそのぉ……」

と僕を太い指でさし、

「いっぺん、やらせてやってくれよ。おい、ボウズ、命懸けでやれ！　その代わりと言っちゃあなんだが、お前の味方を連れてきたからよ。おい、入ってこい！」と外へ怒鳴る。

「テラちゅわーん」情けない声で外谷が入ってきた。祢津も一緒だ。

「拉致《らち》されちゃったよーん」

「こいつらがボウズの世話するからよ。そのお礼に駒井くん。今日はよ、俺、オ×××って言わないから。わははははは」

「いったい何なの？　この人たち」

時子さんが爆笑しながら頭を抱えた。

4　心に愛がなければ

「ラジオまっぴるま」で、僕の担当する〝不可思議実験報告〟の人気が少しずつ上がってきたらしく、堀尾Dと放送作家の内田はさらに過酷な実験を求めるようになった。

今週のテーマは「日本人は本当に親切で礼儀正しいのか」。

月曜日は四谷界隈の表通りに出て、誰彼なく「こんにちは」と挨拶するだけの実験だった。予想通り、というべきか、意外にも、なのか難しいが、ほぼ九五パーセントの確率で挨拶が返ってくるから、もしかしたら日本人は本当に礼儀正しいのかも知れない。そこで収めれば「いい話」なのに、踵高《かかとだか》二〇センチのロンドンブーツを履いたフィーバー男、堀尾は、

「確かにいい結果だけどｙｏｕ！　こんなものは小さな一歩に過ぎないじゃん。さらに日本人の親切と礼儀を問う必要があるのよｙｏｕ！」とかで、二日目の火曜日は、僕が道ばたで〝急に腹痛を起こした振り作戦〟を決行。

「あ、あいたたた」僕が突然向こうから来る人の前でしゃがみ込み、苦しそうにする、というものだ。

　これ、やる方はかなり恥ずかしく、堀尾に自分でやってみろ！　と言いたくなる。これで人々がどんな反応するのかを見るという実に意地の悪い実験なのだが、驚いたことに十人中五人が「大丈夫ですか」と声をかけてくれたのだった。

　これには僕自身も、ひょっとして日本人の心は、まだ大丈夫なんじゃないだろうか、とかなり感動したから、もうこれで親切調査は十分だろうと思う。だが図に乗った水曜日の昨日は〝いきなり知らない家の呼び鈴を鳴らしてトイレを借りる〟で、さすがにこれは難しかったが、驚くことに十軒中二軒が突然押しかけた僕に御手洗いを貸してくれたのだ。

奇跡的親切さである。堀尾は増長し、遂に木曜の今日はトイレの個室に入っている人に対して、ドアを〝コッココ、コンコンッ〟とノックするという恐ろしい実験に出た。

これは堀尾に言わせれば、日本人の、相手への配慮があるかどうかを確認できる歴史的な実験なのだそうで、他人の気持ちを裏切らない親切な人間ならば〝コッココ、コンコンッ〟とノックされたら、きちんと相手の〝間〟に合わせて〝コンコンッ〟と返すのが人情だというのである。

誠にもって実にバカバカしい。だが仕事だから仕方がないので、僕は廊下の隅から東亜放送局内のトイレの様子をうかがい、誰かが個室に入ると、若干落ち着いた頃を見計らってそっと近づいて〝コッココ、コンコンッ〟と叩く訳である。ところがこれがびっくりした。実にほとんど全員が堀尾の予見通り、ちゃんと礼儀正しく〝コンコンッ〟と返してくるのである。念のために、よーく意を含めて理解してもらい、ウチのひょうきん美人エース女子アナの小牧雅子《こまきまさこ》に頼んで女子トイレでも実験したが、恐るべきことに、ここでの返答率は実に一〇〇パーセントであった。まあ堀尾の喜ぶこと喜ぶこと。

「ばっっかだねえ」爆笑しながら、「ｙｏｕ！　次はアメリカ行って試してこい」あのね、射殺されるぞあんた。

あーあ、と何だかぐったりと遅めの昼食を取りに局の外へ出る。向かいの遠州軒か新宿通りを渡った満流賀《まるか》の蕎麦かと悩んだ末、このところあれこれあって気持ちがざわついているから、奮発して宮川本廛《みやがわほんてん》に入って鰻を頼んだら驚いた。

なんとそこへ我が社きっての美人コンビが入ってきたのだ。ミス東亜放送と言われる社長秘書の葛城小百合《かつらぎさゆり》さんと、いずれ菖蒲《あやめ》か燕子花《かきつばた》、受付嬢美女筆頭、大野東子《おおのとうこ》さんの二人連れ。お、こいつは縁起がいいぞ、と一瞬ときめいたら、世の中甘くない。社長の三井が一緒だった。

がっかりするべきか諦めるべきか、社長を恨むべきか迷っていると、社長がすぐに僕を見つけて、

「お、寺島。一人鰻か。豪勢だか寂しいのかわからねえな。まいいや、こっち来い」と豪快に手招きされてしまった。恐る恐る僕が移動して恐縮しながら葛城さんの隣に座る。

「お、男女数合ったな」

社長、意味がわからない。

嬉しいけど。

「お前、並だろ、どうせ」

と言うなり社長がいきなり奥へ声をかける。

「特上四つ。こいつも一緒ね」

「あ、社長。量が多いと食べきれませんわ」葛城さん、アナウンサーよりいい声だなあ。

「この、上と特上の違いって、量か？　質か？」

「量です！　質は一緒」店の奥から声がする。

「じゃあ、上三つと特上一つだな」

「そんなに召し上がって大丈夫ですか？」葛城さんがたしなめる。

「俺じゃねえよ。寺島の分だよ、特上。な？　お前がいちばん労働量多いもんな？　今日は」

おしぼりで手を拭きながら社長ご機嫌だ。

「今日の、あのトイレのよ、コッココ、コンコンッ。全く、くだらねえけど笑っちまったぜ」

僕の肩をどん、と叩きながら大声でもう一度笑った。僕はもう、なんだかドキドキして顔がこわばってる。社長と一緒、というのもあるが、綺麗な人二人ってのは心臓に悪い。

「おい。この娘《こ》たち、ちょい都に行ったことがねえらしい。寺島、今度連れてってやれ」

「え？　あ、あいよ」はい、と答えたつもりなのにとんでもない返事をしてしまった。

「あははは」社長全然何も気にせず笑い、

「な？　面白《おもしれ》ぇだろ？　こいつ」

屈託なく大らかに笑う。

「俺が連れてってもいいけど、あの狭い店に俺なんかと一緒に行くと気詰まりだろうからよ。だから今度お前連れてってやれ」

「わ、私でいいんですか？」

つい裏声になる。

「嫌か？」

「嬉しい」

「あははは、正直なヤローだな。そうだ寺島、おめえ、この間、駒井に喧嘩売ったんだってナ？」

「まさか。そ、それはデマです」

「ずいぶん格好良かったらしいじゃねえか。そのくらい元気な若いのがいねえとな、会社全体がよ、面白くねえからな。頑張ってやれよ」

僕はもう、二の句が継げない。

叱られるのかと思ったら、どうやらこの豪快な社長は例のことをむしろ本気で面白がっているようで、実はホッとしたような、畏《おそ》れ入るような妙な気分。励まされた上に、特上鰻は社長のおごり。でも正直言って、超高級食の鰻がどこに入ったかわからなかった。それと食事前に話題には出たけれど、いつ、どのように美女二人を〝ちょい都〟に案内するのか、という具体的な話にならなかったから、そっちの方は社交辞令だった訳だ。贅沢で嬉しく、かつ、どこか寂しい昼休みだった。

僕は今日5時で上がり。それに明日金曜日の「ラジオまっぴるま」は毎週、キャスターの赤西家吉べゑ自らが出張して商店街で安売りを強要する、という企画の一日なので僕の出番はなし。だから木曜の夜は少しばかりホッとする。

実を言うと、このところ、精神的にはくたくた。少し自分を解放したい、と思っても格別な趣味があるわけでもなく、遊びにいく、といっても一人で飲みに出かけることはない。時々〝ちょい都〟のマスターと誘い合って神宮球場でビール片手に「ゴー、ゴー、スワローズ！」と騒いだりするけど、今年はチームが勝ちきれないから、かえってストレスが溜まる。

思えば入社四年目、二十七歳男子としては少し哀れなオフの過ごし方だ。

いや、女性への興味は人並みにあるが、なかなか出会いの機会がないのだ。先輩たちが何となく社内恋愛を経て結婚する理由がよくわかる。

独身貴族、と言うほど高給でもないから、万が一、美人二人を連れて食事となれば、ソムリエの出てくるフルコースの店なんか懐が心細い。だからといって万度《ばんたび》居酒屋ちょい都というのも、やや侘《わび》しい。

それでもご一緒できるなら、と夢見ているのは僕の妄想で、今頃あちらは僕のことなどもうすでにすっかりお忘れだろう、と、ま、そのくらい冷静な歳にはなったようだ。

帰り支度をしていると、

「テラちゅわーん」遠くで外谷の間延びした呼び声が聞こえた。制作局の入り口で手招きをしている。隣には祢津の姿。ああ、新番組の話だな。

「テラちゃん、もう今日、上がりっしょ？　ちょっとつきあってヨン」

美人を連れて食事に行く夢の代案としては、あまりにも塩《しょ》っぱい現実に自分でもちょっと笑える。

「はい。ちょい都ですか？」

「たまには俺らのアジトへどう？」

新宿通りを四ツ谷駅から半蔵門へ向かって2ブロックほど先の交差点を市ケ谷方面へ入ったあたりに、〝ボンソワール〟という名の小洒落《こじゃれ》たワイン・バーがあって奥に小さな個室がある。そこが二人の秘密基地のようだ。

「ま、これ、参考に持って来たんだけどサぁ」

外谷が一覧表を僕の目の前に置いた。覗き込んでも何だかわからない。表の時間割の上にA、Bと区分けしてある。別表には万円単位の値段が書いてある。どうやらそれは番組にかかる費用を表にしてあるもののようだ。

「これ、いわゆる電波料。大越さんにさ、『ボウズにわかるように全部教えろぉ、このオ×××ヤロー』って脅かされたからねえ」と、祢津が目尻の皺をさらに深くしながら笑顔で言葉を継ぐ。

「今日は基本的なこと教えとこうと思ってサ」

外谷、今日は真面目な顔をしている。

「まず基本ネ。このA、Bって区分はサ、一日を大まかに2ブロックに割ったもの。Aは通常タイム、Bが深夜帯と早朝帯のことなのネ」

なるほど。わかりやすい。

Aは、朝6時〜午前1時まで。Bは、午前1時〜6時まで。基本電波料は、週一回放送のいわゆる「ハコ番組」の場合、Aが五分あたり月額百万円、Bが七十万円。それぞれ三十分だとぐっと割安になるが、これに制作費がかかる。値段の差は聴取率の差。駒井がこだわる理由だ。

で、僕が提示された土曜日23時〜日曜日0時半までの一時間半番組はAなので、スポンサーが支払う電波料は、単純計算だと三十分六百万円だが、この時間帯は三十分二百三十万円となっているそうだ。それでも毎月約七百万円になり、さらに制作費など、経費がかかってしまうから、やはりこれ、途方もない数字だ。制作費は三十分で約百二十万円とのことで、一時間半なら月額三百六十万円。電波料約七百万円とで計一千万円以上。

「まあ、でもこれ、あくまで定価だかんね」祢津が慰めるように言った。

「ま、そうだな……ぶっちゃけ、この数字の七〇パーセントあれば会社は御の字って訳ヨ。0時以後は聴取率調査時間外だし。制作費もサ、テラちゃん局アナだし、制作だって局の人間がやればぐっと抑えられるじゃん」

カロン・セギュールというワインが出た。ハートの上にシャトーらしい古い建物のイラストがあるラベルのワイン。

「これ、高いけど旨《うま》い。どうせならテラちゃんじゃなくて、美人と飲みたいんだけどな。あはははは」と外谷。

実際僕はその数字を見つめながら途方に暮れていた。だって一カ月一千万円のスポンサーを探さなくちゃいけないのだ。仮にこれの七〇パーセントでも月に七百万円を超える額になる。

新番組をやれ、と言われて迷惑な顔をしていたが、本当は心のどこかで嬉しかったんじゃないか？　他の人はどうかわからないけど、自分が主役になれる、と思った時に心のどこかで知らず知らず有頂天になっていたのかも知れないな。このすごい数字を見た途端に心が縮み上がって、責任の重さに吐き気がしそうだ。

「テラちゃん、まさか、どっかの大企業の社長とか、友だちいないよナ？　ま、んな訳ねえか」と外谷。

「そんな深刻な顔しなくていいってば。もっと安くできるからさ」と祢津が笑った。

そうか。大越さんが営業の二人に、僕に全部教えろ、と言ったのは、そういうことか。番組とは、こうして必ず営業の誰かが、編成の誰かが、あるいは制作の誰かが、それにスポンサーも一緒に関わり合って作るチームプレーだという覚悟が要るのだ、と心底気づく。美味しいワインとは出会ったが、番組については何の結論も出ず、何の案も浮かばないままで、この晩、僕はほとんど寝つけなかった。

＊

金曜日。昼前のニュースを読んで戻ってきたら局長の駒井に呼ばれた。

「テラ、十月改編の頭から行くぞ。まだ三カ月ある。番組の企画書早く書いて持ってこい。担当は田名網と鈴木だ」

それから慌ただしく立ち上がると、

「いいな。約束だ。稲刈りだ。コメ、潰せよ」とだけ言って右手で追い払う手つきをした。え？　本気なのだ！　何て重い使命なんだろうと、改めて少し途方に暮れる。

「おい！　この、オ×××ヤロー」

大越さんがものすごい声で僕に向かって怒鳴るから、心臓が止まりそうになる。

それにしてもこの人、よくぞ今までセクハラだとかパワハラとかで訴えられなかったもんだと、そっちに感心する。

僕は余程情けない顔をしていたのだろうか、大越さんはきっとそんな情けない僕の顔に呆れたのだろう。それは気配でわかる。

だけど、自分では想像もしていなかった番組を持つことになってしまった。その騒ぎの元は言ってみれば大越さんにある訳じゃないか。と思わず睨み返してしくじった。目力では大越さんに勝てる筈がなかったのだ。

「ちょっとこい」大越さんが顎で僕を呼んだ。

渋々ぐるりっと制作部の机を一周して大越さんの机に向かう。

この人は、思えば先日、居酒屋ちょい都へ乗り込み、局長の駒井に自ら頭を下げ、こいつに番組をやらせてやってくれ、と頼んでくれた。その気持ちは有り難いし、感動するけれども、元々この騒ぎの元とか責任はすべてこの人にあるんじゃないか。

多少ふくれっ面《つら》で近くへ行くと、拍子抜けした。大越さんは僕に改まって何か言う訳でもなく、黙ってB5を四つ折りにした紙切れを手渡すと、無言のままひょいっと立ち上がり、予定表に〈大越＝取材↓直帰〉と書き込んでぷいっと出て行ってしまった。

お叱りの手紙かしら？　と、席に戻って恐る恐るそっと紙切れを開いてみると大越さんの直筆でこう書いてあった。

「心に愛がなければどんな言葉も人の心に響かない。聖パウロの言葉より」

ああ。膝の力が抜けてゆく。

5　昭和に帰ろう

「心に愛がなければどんな言葉も人の心に響かない。聖パウロの言葉より」

なんもう、大越さんったら、あんな下品な言葉を大声で吐き散らしながら、僕にこんな書き付けを渡すんだもの。でもじっくりと眺めてみると、何だかいい字だなあ。達筆というのではなく、一文字一文字に気持ちのこもったような、温《ぬく》もりのある優しい字なんだな。大越さんは、年中あの下品な言葉を吐き散らしているのに、考えてみたら我が社にはこういう存在を許容する、妙に自由で雑で開放的で明るすぎる体質がある。

前にも話したけれど、三島由紀夫の割腹事件の際、当時新米記者だった現社長、三井明博《あきひろ》はヘリの飛行音や罵声《ばせい》の飛び交う中、どこかで拾ってきた木の枝の先にマイクを結びつけ、見事、彼だけが三島由紀夫の演説の完全録音という大スクープに成功した伝説の男なのだ。

根性と男気と機転と行動力でのし上がった豪快な彼が制作局長時代の話。部下に、「もっと予算をください！」と詰め寄られた時、ファイティングポーズを取りながら、「文句あんならかかってこい！」と言い放ったという逸話がある。詰め寄った方は力が抜けて噴き出してしまったという。

大越さんはそういう環境で完全自由に生きてきた訳なのである。ウチの局で四十年の永きにわたってローマ教皇庁の宗教番組を担当した人は他になく、三度も勲章を受けているほどだから、教皇庁からの信頼は抜群で、しかも我が社での後継者が見当たらないとくればもう〃バチカン支局長〃の様相を呈している。

その存在自体、我が社の七不思議の一つなのだ。教皇庁の番組は、朝4時50分からの十分間。月~金の帯番組で、聴取率もほぼ誰も聴いていないような※印帯であるにもかかわらずこの番組がこれほど大切にされているのは、元々ウチの局を創設したのが聖パウロ教会ということもあるだろう。そう考えれば、大越さんもこの番組も、我が社の存在理由《レゾン・デートル》かも知れないと思う。

僕は個人的にウチのそういう妙なところが好き。

「局長から君も言われてると思うんだけどネ。急いで番組の企画書上げなくちゃなんないんだよネ」いつの間にかハッピー鈴木が近寄ってきて真面目な顔で言う。

「じゃあ、ちょい都ですか?」と応えると、

「まだ詰めじゃないからその方が〃ラリックス〃できるね。いいか、いいか、まイカの塩焼き」

基本的に彼は真面目なんだが、駄洒落ばかり言うからただの面白い人だと思われている。実際は、仕事のできる人なのだ。

ウチの局は、プロデューサーやディレクターにそういう変な人がやたらといるオソロシー会社だ。

彼らにはほぼ一人一人に強烈な特徴があり、二つ名がある。例えば次長の大川金太郎は東洋最強雀士、東洋一の引き、という勝負師金ちゃん。普通なら三千九百の手をリー即ヅモ、裏ドラを二枚乗せて倍満にするような雀風だという。もっとすごいところはこの人絶対に会社に自宅の電話番号を教えない。

総務がいくら「それじゃ困る」と言おうが「俺はそういう主義だ」で通し続けているのだ。でも、それで通る会社、というのもすごいと思う。

田名網敦雄は、通称ぶっち切れの田名網。正義感が強く、不正義に出会うと相手がスポンサーでも大喧嘩する、有名タレントでも怒鳴り散らして泣かせた武勇伝をいくつも持っているが、普段は実に穏やかでのほほんとしたおっさんで、酒場放浪記の吉田類《よしだるい》に似ている。

次長の神蔵和雄は競馬狂で、土曜日曜は仕事にならない。給料以上の額を競馬で稼ぎ出すという噂だが、四カ月負け続けた時でも「競馬には来週がある」という名言を吐いた人だ。

この弟子の青山哲司《あおやまてつじ》は神蔵に感化され、休みを使って競馬場を渡り歩いている競馬ファン。キョーレツな穴党で、いつも負けているが時々びっくりするような穴を当てる。

「そんな馬券、買えるか！」という同僚に、「買えるよ。だって売ってるんだもの」と平然と答えた強者だ。

他にも三社祭で産湯を使ったという吉住豪太《よしずみごうた》という若手のDなど、祭の時期になるとほぼ一カ月仕事にならない。仕事だけをみれば、皆相当な才人ばかりで、むしろその能力を活かせるタレントや局アナがいない「不幸」な状況なのかも知れないと思うこともある。

ま、それはそれとしてとにかく僕の道程には暗雲が立ちこめている。

電波料だけでも出血大サービスで見積もっても月に七百万円ほどはかかるのだ。一介の無名の局アナの番組にそんなお金を出すスポンサーなどいる筈がない。

営業の外谷、祢津両氏は「ま、どうにかなるよ」と気楽に笑うけれど、当事者の僕にしてみれば、もう、気が遠くなる金額だ。

「オ×××オオオ」

ああ、僕の真向かいに座る大越さんの雄叫びはもうすでにエヴァ初号機暴走四十連状態で、誠にこの人は〝残酷な天使〟のようである。

元の元はと言えばあの時、駒井局長の檄に対して大越さんの放ったロンギヌスの槍が僕を突き動かし、つい暴走した僕は、行きがかり上、あの恥ずかしい危険単語を一同の前で大声で叫ぶことになった。言わばその結果が現在の悩みの種なのである。

いや、大越さんの言うように、確かに〝視聴覚教育〟という言葉が電波に携わる人間の心から完全に忘れ去られて久しい。冷静に考えれば大越さんの言葉は正しく、僕なりに訳せば、原点を見失ったメディアを一度初期化しなければ、もう新たなる原動力など生まれてこない、そういう意味なのだろう。では「初期化」とはいったい何か？　と考え込むと、僕は夜も眠れない。

これほど哲学的な命題を人に投げかけておいて、今日も大越さんはあの恥ずかしい危険単語を、先ほどからもう二十五回半も叫んでいるのである。

半、というのは、突然この部屋に現れた美人秘書の葛城小百合さんを見るなり、一回途中で止めたのであるから、審美眼は確かかも知れない。この部署ではもう、あの「単語」に対して誰も咎めもしないし、怒りもしない。大越さんは、すでに完全放流されたアナコンダ状態なのである。葛城さんは局のベテラン人気女子アナの小牧雅子と仲良しで、時折アナウンス部にやってくることがある。この時は小牧がいないのを確認すると、僕のところまでわざわざやって来て、

「忘れないでくださいね、ちょい都の約束」

と綺麗な声で囁くように言った。え？　あれは社交辞令じゃなかったのか！

「はい。いつでもご一緒しますから。お退屈しのぎにいつでもお声がけを」

そう応えながら言葉を探す。

ああ、こういう時、もっと気の利いたことをなぜ言えないのかな。普段の番組ならテキトーなことを面白おかしく言えるのになあ、と葛城さんの後ろ姿を見送って、ふと殺気に気づけば大越さんが、対面で眉間に皺を寄せて僕をものすごい顔で震えるように睨んでる。

「おい！　ちょい都って言わなかったか、あのオ×××」

やめなさいってば、まだすぐ後ろのエレベータホールにいるでしょ。

「え？　あ、はい」

すると大越さん不意に相好を崩して、

「お、俺も呼べよ」と言って赤くなった。いったい、何なんだこの人は。

この日、ちょうど仕事が終わって、出がけになんとまたまた玄関で葛城さんとばったり出くわした。

「寺島さん！　今日はどうされるんですか？」

「あ、え？　どうって？　仰いますればいかに？」

「今からみんなで明治記念館のビアガーデンなんです。ご一緒されませんか」

ああ、うええい、おおお！　お誘い？？？

「わあ、それ、いいっすねえ。ぜひ」と言いかけるところへハッピー鈴木が現れて僕へ、

「じゃ、ボクちゃん、行くよ」

思いがけぬ展開に葛城さん、首を傾《かし》げる。ああ、可愛い。

「あ、すみません。まだお仕事でしたか？」

冗談じゃない。仕事いらない。こんなチャンス二度とないかも知れないのに。

「いいえ、そんなの、どうでもいいんですよ」

と言いかけるのを、鈴木ったら、

「そうなのよぉ、これから新番組の企画会議なんだよねぇ。また誘ってあげてねぇ」

にこやかに笑いながらそう言うと、急に真顔になって僕の耳をぐいと引っ張りながら歩き出す。

「あいてって。葛城さん！　ぜひ今度！……」

葛城さんただ笑い転げながら見送ってる。

一つの恋のきっかけがこうして北関東訛りのおっさんによって打ち砕かれる。あたかも甲子園で、明らかな誤審であるにもかかわらず一言の文句も言えずに散ってゆく高校球児のように、である。

*

いったいこの人はどのような権利があって僕のささやかな恋のきざはしをかくも無残に打ち砕くことができるのだろうか、と恨めしい顔で〝ちょい都〟の小上がりで向き合った鈴木の顔を見ていた。

「僕ねえ、ずっと悩んでたんだけどねえ」悩んでんのはこっちだ！　と僕は胸の内で毒づく。

「つまりネ、こういうことなんだよネ」どういうことなんだヨ！　と、また心で噛みつく。

「ねえ、ボクちゃんは知らないかも知れないけどネ、昭和に帰ってみない？」

思わずドキッとした。

〝昭和に帰ってみない？〟っていう鈴木の言葉は強く僕の胸を打った。

僕にとって昭和は父や母の時代だ。ラジオでは伝説のＤＪや深夜放送のパーソナリティの息づく、柔らかくて温かくて懐かしい祖父の膝のような温もりを思わせる時代だ。

昭和の人が大正ロマンに恋い焦がれ、明治人の頑固さに辟易しながらそれを尊敬したように、閉塞感で息苦しい社会、経済状況の中で育ってきた僕らの世代にとって、昭和という時代は、多分錯覚と感じていても、どこか夢に満ちて、どこかいい加減な開放感があって、どこかみんな未熟で危なっかしくって、社会みんなが貧乏で、だからエネルギーに溢《あふ》れ、迷い道なのにそれでも希望があった。多分そういう時代だったと感じているのだ。

「ただその……帰るって……言われましても……」

「わかってるよ。ボクちゃんは昭和なんか知らない世代だからネ。だからネ。おっさんたちに騙《だま》されてサ、かぶいてみない?」

「騙されて……かぶく?……ですか」

「ウチのPやDはほとんど昭和なのネ。君は昭和最後の方の生まれの平成育ちでしょ?つまり昭和の尻尾、なんだな」

鈴木は興奮してきたらしく、時子さんに向かって「角のハイボール頂戴《ちょうだい》」と言った。

「あいよぉ。角ハイ」時子さんが応える。

「かぶくっつうかね、おっさんたちがよってたかって音楽やら、企画やら、色んな昭和を用意してサ、君の背中に背負わせるからサ。君はその仕掛けでかぶく」

そう言いかけ、鈴木はしばし考え込んで言葉を探している。

「俺らの昭和をさ、旅してみないか」

ちょっとぉ、北関東!! 今肌が粟《あわ》立ったよ。

「お笑いで言えばサ、今テレビじゃ小洒落た振りして底が浅くて、芸も薄い芸人ばかりに見えるよな。でもさ、初めは汗掻《か》いてお笑い道歩いてたのが多いんだよ。ところがサ、人気がお金に代わった途端、努力もスキルもそこで放り出す人、多いじゃない? でも、そういう奴なんかじゃないの。今世間が求めているのはネ!」

ハッピー鈴木の言葉が僕の心に引火して火傷《やけど》しそうだ。でも言ってることは正しい。

「昭和に帰ると言ってもサ、引き返しちゃ意味がないの。それは後退でしょ？　そうじゃなくてサ。う～ん……なんか、こう……巧い言葉がミツカンポン酢」ウマイ!!　でも、そこで入るか？　駄洒落？

でもこの熱に触発されて僕は、このところずっと自分の頭の中で鳴っていた言葉を口にした。

「ラジオの原点回帰、心の初期化、ですよね！」

「ウマイっ!!　ボクちゃん！　その通りなのヨ。昭和に帰ろうってのはさ、心の話なんだよネ」鈴木が膝を打って目を輝かせた。ああ、大人でもこんな少年のような目をすることがあるんだな、と僕はすごく感動してる。

「今のメディアはね、こういうことをしたらこういう反応が来るぞって計算ずくで仕掛けてサ、割合思い通り世間が動くもんだからもう、勘違いしてね、独裁者的に思い上がっちゃったんだネ。で、その元をたどればゼーンブお金ネ。もちろん、お金を稼ぐのはネ、悪いことじゃないのヨ。僕だって一杯欲しいもん」

参った。今夜の僕は鈴木に完全に持ってかれてる。いいこと言うなあハッピー鈴木。

そうなんだよ。僕らが今の時代を見ていて、いちばんチープで恥ずかしいと感じるのが涙と笑いの質なんだ。軽い涙、薄い笑い。それで安い感動に酔いしれて恥じない。その価値観や質の悪さに気づいてないから。

そんな自分を客観的に変だ、と思いもしない自己愛。それを助長し、迎合し金だけむしる利己主義娯楽。

「ねえ、ボクちゃん。クサくてまどろっこしくて照れるような……落語の芝居噺《しばいばなし》みたいな、そんな昭和をラジオしてみない？」

その時突然、一際大きな拍手が起こる。

「いいぞ！　その通りだ！」野太い声が〝ちょい都〟に響き渡った。

「え？」と振り返ってその声に驚いた。今まで気がつかなかったけど、なんと三井社長がカウンターで一人きりで飲んでいたのだ。

「社、社長⁉　お一人で⁉」

僕たちは目が点になって言葉を失う。

「ちょいと気が向いてよ。そしたらいい話してるじゃねえか鈴木。黙って聞いてりゃあ、俺が思ってること、ぜーんぶ言ってくれた」

社長は自分のグラスを持って小上がりに移ってくると、にやりと笑い、鋭い目になって言った。

「昭和に帰る、か。いいじゃねえか。クサくてまどろっこしくて、照れるような芝居噺、か。いいぞ、思い通りにそのままやれ。っていうかヨ……」社長の目がきらり、と輝いた。

「いいか寺島、人に聴かせる、なんて、絶対思い上がるなよ。お前らが楽しいな、って心から思える番組を作れ。ただただ愚直に自分が聴きたい番組をやればいい。俺はそう思うぜ、なあ、オ×××ヤロー」え⁉ 社長まで……⁉

6 開いた口

「一ぺん、寺島君の番組の一時間半のパイロット版を作ってみましょうよ。葉書は、なんちゃってで……ひとまず僕らが書きますから」

放送作家の内田英一と安部《あべ》あきらが中ジョッキの生ビールをうまそうにひと口飲んでから、そう言う。このところ僕は仕事が終わると毎日、四谷三丁目の居酒屋ちょい都に詰めている感じ。そう、新番組の企画の打ち合わせを続けているのだ。

「そんな必要ないって。これ、作り込む番組なんかじゃないの。出来上がっちゃう番組なんだからサ、練習なんかいらないの」ハッピー鈴木が言下にそういう。

六月のあの制作会議で僕が危険単語を叫んで三週間目。

「ところでね、わかってくれてるよネ、しばらくは多分ノーギャラ。ほぼボランティアだヨ?」鈴木が念を押す。

「わかってますってば。僕ら寺島君の意気に感じてこうして買って出たんですから」と内田。

「そのかし、ンまく行ったらガッポリね」

安部が人の良さそうな顔で笑う。

「オッケー、月影のガポリ」

一同沈む。

十月第一週の土曜日の夜から僕の新番組が始まる。もちろんタイトルも、中身も、イメージもまだすべて白紙だ。それでもこの七月中にはある程度の方針を決め、遅くとも来月八月中にはスポンサーが決まらなければ番組は動かない。それで、内田から一度試しに架空の番組を作ってみようというアイデアが出た。

「やっぱ、曲をかけながらじっくりと葉書を読む？　ですか？」と内田。

「うーん。それならさ、ＮＨＫのラジオ深夜便があるじゃない？」安部が首を傾《かし》げる。

「東亜放送でなければ、寺島君でなければ成立しない番組ってことね」内田が呟く。

果たして、僕でなければできない番組なんて、本当にあるのだろうか。

その時、突然カウンターの方からものすごい会話が、かなり大声で聞こえてきた。

「うるせえなぁこの、腐れオ×××！」

「黙れ、このイン×宗教親父」

ハッピー鈴木が爆笑する。

「おいおい。穏やかじゃないネ」

あ！　僕は声を失う。あの大越さんとウチの女子アナのエース、小牧アナが二人でカウンターにいた！

「何してんすか⁉」鈴木が声をかけた。大越さん、すでにご機嫌だ。

「おお、この、馬鹿オ×××と飲んでたらよぉ、あんまりバカなんでつい、な。あははは」

「見解の相違です！」にこやかに小牧先輩が笑い飛ばす。仲良いの？

「この馬鹿オ×××はヨ、新人の頃から五年間、俺の番組で聖書の朗読やってたんだ。へったくそでよ、字も読めねえおバカが、今やうちのエース女子アナとくりゃ、堕ちたもんだ」

「知ってる？　かつて、聖パウロ教会きっての美人シスターだったカタリナ伊藤美智子《いとうみちこ》さんって人がいたの。当時二十三歳。その人を口説き落として還俗《げんぞく》させて奥さんにしちゃったのがこのイン×親父よ」

ええ⁉　それ、伝説には聞いたことがあるけど、大越さんの実話だったなんて！

それにしても小牧さん、下品。

「うっせえ、この腐れオ×××のバカ女。わははは」

脇で〝ちょい都〟のママの時子さんが頭を抱えて笑い転げてる。

「オタクの会社、フツーの人いないの？」

「いねえっす！」

　こちらで四人がユニゾンで答えた。

　二人が小上がりに加わったので狭い。ただでさえ大越さん身体デカいし、小牧姐《ねえ》だって小柄な方じゃないし。鈴木が懸命に事のいきさつを小牧姐に説明している。大越さんは何もかも呑み込んでいるように、ひたすらジョッキを口に運ぶが、小牧姐は目を輝かせて聞き入っている。

「あ？」

　小牧姐が肘で大越さんをドつく。

「なあんだ、この話を聞かせたかったのね、ゴア」ゴアって……大越さんのこと？　やっぱ、マグマ大使のゴア!?　小牧姐、すごい呼び方する。

　大越さん、デレデレと頷いている。

「聞いてはいたの、制作会議のこと。寺島君がいいこと言ったって」と小牧姐。

「いえ、それは大越さんの……」

「シャット、アップ」

　小牧姐が僕を制する。

「聞きなさい。あたしは嬉しい。局アナがバラエティをやることが、ではないの。局アナが自分の局を変えようとする志に感動してるの」

小牧姐は少し据《す》わりかかった目で僕を見たかと思うと、自分のグラスを僕の鼻先に突きつけて言った。

「注《つ》ぎなさい！」

「あの……麦ですか？ 芋ですか？」

「米よ。その話してるんじゃないの」

「ウマイ、※印‼」鈴木が膝を打つ。

「お、おお、こ、こいつよぉ、こうなったら、もう手が付けられねぇ」

大越さんの腰が引けてる。

「すみません、駒井局長キープの十四代、内緒でこっち廻してくださいませんか」僕が言うと時子さん、

「あいよぉ。秘密裏にオッケー」と笑った。

「ああ、いたいた、やっぱここか」ふいに営業の外谷と祢津の二人組。

時子さんが、パパ、もう貸し切りにしとくよ、と呟くなり、看板の灯りを消しに外へ出た。

「O－CANの品田《しなだ》社長と個人的に親しくしてもらってるんだけどさ、色々相談したら

さ、意気に感じてくれて、不見点《みずてん》で月に三百万までなら出すよって言ってくれてる」と祢津。

「え、それすごい」と鈴木。

「うーん。会社的にはまだ三分の一だな」と外谷。

「でもさ」と鈴木が言葉を継ぐ。

「一千万が定価って数字でしょ？　ある意味、サービス特価で七割七百万と計算したら、もう半分近くまで来たってことだよネ。サインはVだよネ。ホラ、半分弱」

「ああ」と安部ががっくり首を垂れた。

「范文雀《はんぶんじゃく》ね」一同、一斉に俯《うつむ》く。

「おお、美人だったよな」と大越さんだけ乗っかる。僕はよくわからない。

「募集よ！」

急に小牧姐が背筋を伸ばした。

「は？」

「募集すればいいのよ。あたし、前からずっと思ってた。なぜ募集しないの？」

「な、何をですか？」内田が聞く。

「スポンサーよ！」

「はあ？」

一同きょとんと小牧姐を見る。

「スポンサーを、募集？」

祢津がポカンと口を開けた。

「発想の転換よ。足りない分のスポンサーを公募したらいいのよ！　ねえ、祢津さん！」

「はいよ！」

「あなたなら、一言CMいくらで売る？」

「どゆ意味？」

「例えばさ、立石《たていし》あたりのさ……」

「京成線《けいせい》の？」

「そう。何々印のアルミ弁当箱いくらです、どこで買えます、くらいのことよ」

「ちゃんと、も一回言って。同じ言葉」

するど小牧姐、今度はすっかりアナウンサー口調になって声も滑舌《かつぜつ》も突然はっきりする。

「何とかアルミ弁当箱、どこそこの何とかで買えますよ、詳しくはウェブで！」

「うーむ、早口で五秒だね」と祢津が時計を見ながら唸った。

「単純に逆算すれば五分は三百秒、月額百万円として……一秒あたり三千三百三十三円。

その五倍ですからざっと一万六千円。七掛けでも一万一千二百円か……」と外谷。

「端数切り捨てで一万円で切り売りしなさい」

小牧姐がきっぱりとそう言った。

「五秒一万円なら、あたしでも買えるわ」

全員が奇妙な沈黙に襲われている。

「いやぁ、そりゃ無理っすね。スポットCMってのがある。定価五秒四万円。二十秒でも十万円」と祢津。

「わかってるわよ。読むアナの指名料だってあるんだから」

CMをどのアナウンサーに頼むかっていう指名料まであるそうだ。

僕はちっとも知らなかった。

「いい？　スポットCMには制作費だってかかるのよ？　寺島君のコメントなら制作費ゼロでしょ？　例えば『ラジオまっぴるま』の寺島君のコーナーの枠、あれ何分？」

「日によって適当ですけど、ま、およそ十分くらいですかねえ」

僕が答えると小牧姐、即答。

「例えばそのコーナーの中の寺島君のコメントを切り売ると、お思い！」

「は？」

「例えば立石の……」

「あ、立石にこだわるのね」と鈴木。

「行きがかり上、そうなっちゃったわね」

「立石に水。ウマイ‼」鈴木自分で褒めてる。

「え？　それ本当はなんだっけ？」と祢津。

「立て板よ。ああ、もう。ま、お聞き。別に立石じゃなくてもいいんだけど。寺島君、猫抱いてたじゃない？　先々週？」

「いえ、猿です」

「猿だっけ？　じゃ猿でいいわ。犬にけしかける前にそっと抱いた猿に呟くのよ。〝お弁当には△△アルミの弁当箱だよ。詳しくはウェブで〟。ね？　制作費かけずに五秒一万円の荒稼ぎ」

「それ、どうやって徴収するか、とか、いや難しいっすよ」と祢津。

「おまちん」と大越さんが呼んだ。大越さんは小牧姐のことを昔からそう呼ぶらしい。

「おめえヨ、さすがにただの馬鹿オ×××じゃねえな」

それから大越さんはにやり、と笑い、僕の鼻っ面にグラスを押しつけるようにして言った。

「注げよ！」

「あ、米ですか？」

「ホッピーだよ」膝が抜ける。

　大越さんは珍しく静かに語り始めた。

「お、面白ぇじゃねえか、おい。た、例えばよ、立石の商店街がよ……」

「やっぱ立石かぁ」と内田が笑う。

「う、うるせえな、このオ×××ヤロー」

「お店閉めといて良かったわ。他のお客さんに聞かせらんないわよ、この人たちの会話」

　時子さんがいつの間にか近くの椅子に座って面白そうに僕らの話を聞いてる。

「いいからホッピー持ってこい。例えば、来週大売り出しセールやるぞ、って時だってよ、せいぜいあれだろ、チ、チラシ撒《ま》くくらいだもんな」

「その通り」と小牧姐が言葉を引き継ぐ。

「はい、時計！　〝葛飾《かつしか》区立石の駅前商店街です。来週めちゃめちゃ安いです、抽選会もあります。大した物は当たりませんが面白いですよ。来てね〟。ハイ何秒⁉」

「およそ十五秒、だね」と祢津。

「スポットなら定価八万くらい？　でも制作費なしだから三万でどう？　あたしなら買うわ。だってチラシの届かないところにも情報提供できるでしょ？」

　小牧姐、その発想はすごいと思う。

「確かに制作費いらないし、面白いけど仮に、夜中の※印でも買うかぁ？」

外谷が口をへの字にしながら首を傾げる。

「首都圏でおよそ三千五百万から六百万人がラジオを聴いています。その一パーセント聴いてたら三十五、六万人です。夜中の数字がその十分の一としても三万五千人。これはラジオ全体ですから、※印でも最低まあ、四万人近い人が聴いている可能性はあるんです。あくまで机上の計算での〝可能性〟ですけどね」

脇から内田がiPhoneを覗き込みつつ、そんなデータを持ち出す。

「数万円で何千人かに一気に立石駅前商店街の売り出しを知らせられるのよ。外谷さん！」小牧姐、すっかり制作部長になっちゃってる。

「あいよ」

「寺島君が葉書を読む隙間にそう呟くだけでいくらか入るなら、有り難いじゃないの！」

小牧姐、スイッチ入っちゃった。

「例えば大きな時間枠を買ってくれてるメインスポンサーに対してどうするか？　とかね……」と祢津。

「あたしは、ダーレも買ってくれなかった時を想定しているのよ」

「でも、番組開始前にはスポンサー募集なんかできないでしょ？」と祢津。

「できるわよ他の番組で」と小牧姐。

「いやあ、それは力業《ちからわざ》だなあ」と外谷。

「いったいどこの世界にスポンサーを口頭で募集するDJがいるんすかぁ？」

僕が肩をすくめると小牧姐、平然と胸を張る。

「あなたが最初になりなさい！　ではこれより十五秒のCMコーナー。立石駅前、呑んべ横丁大感謝祭のお知らせ。〝のんべが集まる小さな店で下戸《げこ》も上戸《じょうご》もご相席。美味しいつまみも待ってます。来週半額セールです〟。では次のお葉書。ほらこれでナンボ」

姐御、やっぱり立石なんだ。

「それ、案外面白いと思うなぁ」ハッピー鈴木が妙に目を輝かせている。危ない危ない。この人はラジオで手品やらせる人だもの。

「仮に週に二、三件でもあればさ、チリも積もればやまとなでしこ」

ああ、今日はものすごく疲れる。

「ちょっと失礼」小牧姐、携帯電話（まだガラケー）を指さしながらお店の外へ出る。

「な、何だ？　お、男に電話かぁ？　おめえみてぇな腐れオ×××に擦《す》り寄る馬鹿いるのかよぉ」

大越さん飲みすぎて滑舌悪くなってる。元からだけど。

「しかしすごいこと考えるね、あの女」小牧姐の背中を見送りながら祢津が噴き出す。

「俺たち営業の人間には思いつきもしねえ。実現は難しいけど面白いよ、発想が」外谷も感心してるのか呆れているのか。

「やっぱ革命起こすのは専門職じゃなくて異業種だね」とハッピー鈴木。

小声で話しながら小牧姐が戻ってくる。

「いいわよ。あなたもお疲れでなきゃあ一緒においでなさい。変な親父ばかりだけど、もう、終わったんでしょ？　仕事。はーい。待ってるわよ」電話を切りながら小上がりに戻り、なぜか正座をして僕の顔を見た。

「今来ます」

「え？　誰がですか？」

「社長の三井と秘書の葛城小百合よ。前からここに来たがってたのよ、あの子」

「社長⁇　何しに来るんですか？」

「あらぁ？」小牧姐、悠然と笑った。

「悩んでるより、トップダウンよ。社長がオッケーって言えばオッケーが限りなく近づくんだからさ」

一同呆然と小牧姐の顔を見つめる中、ハッピー鈴木がそっと呟いた。

「開いた口が……乾く」

7　サタデーナイト・レター

小牧姐に誘われ、気軽に〝ちょい都〟にやってきた三井社長に、祢津が早速、説明を始めようとした。

「O－CANグループの品田社長が月三百万円までなら面倒見てやるよって言ってくださってるんですけど」

「わかった、ちょっと待て。喉が渇いてんだよ。今の今までTRNの代表会議だったからよ。なあ、葛城君もビールでいいか？」

我がJOPR東亜放送はTRN（東亜ラジオネットワーク）のキイ局でもある。今日は名古屋の東海道ラジオ、大阪のラジオ大阪城、九州夕日放送など、主要ネット局の会議だったわけだ。それにしても葛城小百合さん、美人だ。背は高からず低からず、やや細面で色白で、眼は大きくて黒目がち、口元小さなピンク色、長い黒髪無造作に後ろで縛ってポニーテール。素敵。

放送作家の内田、安部の二人が気を利かせ、二つのテーブルの間の衝立《ついたて》を奥へ退《の》け、テーブルを横に二つ付ける形で席をつくり、小上がり貸し切り、という状態になる。

社長が一等上座の議長席。社長を挟むように葛城小百合さんと小牧雅子アナ。小牧姐の隣が大越さん。なぜか僕が大越さんの向かい、つまり葛城さんの隣だ。僕の下《しも》の席と大越さんの下の席に、向かい合う形で祢津と外谷。その下の方に内田と安部。社長と遠くで向かい合う一番下にハッピー鈴木が座って、なんとなく座が落ち着いたところ。

「O－CANグループの完《かん》ちゃんね。あの人ぁ太っ腹でいい人だよ。仕事には厳しいけどな。月三百出してくれるって？　そ言ったの？　完ちゃんが？」社長、幼なじみみたいに大O－CANグループの品田社長をちゃん付けで呼ぶ。

「あ、そう？　説明はしたのか？　寺島の初の看板番組だとか？　制作会議のいきさつも？　話したのか。それで？　面白がってた⁇　やっぱりなぁ。そういう人なんだよ。お、ビール来たな。じゃ、ひとまず、ハイ、乾杯ね」

「じゃ、今日のお勘定、みんなから集めますよ。カンパいい？」と遠くから鈴木が叫ぶ。

「つまんねえよ。ハイ、降格」

一同、どっと沸く。三井社長、機嫌のいい時はすぐに〝降格〟だの〝昇格〟だのと、パワハラすれすれでハラハラするようなことを言うが、もちろん洒落《しゃれ》だ。

そんなことはみんなわかっているから笑っているが、社長に面と向かって降格、などと言われたら気の小さい僕なんか笑えなくて竦《すく》んでしまいそうだ。

「社長。僕なんかずっと降格降格って言われ続けてきましたから、もうこれ以上打つ手がないですよ。コウカク打法」鈴木も負けていない。

「つまらねえから、ハイ、もっと降格」

思いがけないところで内田が飲んでいたビールをぶっと鼻から噴き出してうずくまった。

「ああ、鼻ビール、痛ぇんだよなあ、それ」と社長。

外谷が手短に小牧姐のアイデアを説明する。

「いいアイデアでしょ？　切り売り十五秒で三万円ポッキリ」小牧姐、澄まして言う。

「ポッキリかよ？」今度は社長が思わずぶっと噴き出して鼻を押さえる。

「ハイ降格！」小牧姐がすかさず社長に突っ込むと、今度は祢津がぶっと噴き出した。

「ハイ降格」社長、逆襲で祢津を指さして叫ぶがビールが鼻に入ったので涙目だ。

何だかもう、訳がわからない。小百合さんだけが口元を手の甲で軽く押さえながら笑っている。品がいい。美人はああでなくちゃ。

小牧姐も美人なんだけど大口開けて笑うし。

「いいじゃねえか」

一息ついた社長が真顔でそう言った。

「いいって、何が？」

小牧姐がすかさず聞く。

「月三百でさ」

「え‼⁇」

今度は祢津が目を剝く。

「本気ですかぁ⁉」

「だからぁ！」社長、一息に空けた生ビールの空ジョッキを頭の上に持ち上げる。

「あいよぉ」と時子さんが新しいジョッキを冷凍庫から取り出している。

「※印なんだろ？　タダよりずっといいじゃねえかヨ？　買ってくださるだけ有り難《がて》ぇよ、ま、欲張るな」と社長。

ぽん、っと小牧姐が社長の肩を叩く。

「さーすが三井さん、苦労人だけあるわ」

社長ったら、またぐーっと一気にジョッキ半分ほど空けると、口のそばについた泡を右手の親指と人差し指で拭《ぬぐ》って笑った。

「二十四時間ぜーんぶ売るなんて強欲だ。売れるあり、売れぬあり、だ。がっつくなってことよ。それに、制作費だってそんなにかかんねえだろ。でも、内田君、安部君。気持ちは嬉しいが、タダ働きは駄目だ。プロだからわずかでも取ってくれよ」

「話がわかる社長だこと」小牧姐がため息交じりにそう言った。

「だってよ、ボランティアの作家さんに〝つまんねぇ〟って言いにくいじゃねえか」

「優しいんだか、厳しいんだか」と小牧姐。

ふと、急に僕の胸の動悸が激しくなった。

葛城小百合さんの隣の席だからということもあるかも知れないけど、もっと違う何か。だって話の流れからすると、何だかこのまま僕の番組が本当に実現しそうじゃない？

だって今、社長がオッケーって言った。

「お、おい！　この、オ×××ヤロー!!」突然大越さんが大きく目を剥いて僕に怒鳴った。ああ、隣に小百合さんがいるのに。下品。

小百合さん目が点になってる。あ、でも大越さん、怖い顔で僕を睨んでいる。メチャメチャ怖い。顔デカイ。

「は、ハイ」声が上ずる。

「ボウズ、社長にお礼を言え！　こ、こんなに気遣ってくだすってるじゃねえか！　まずお礼だろ、この馬鹿オ×××ヤロー」

あ、そうか。相手が男の時はヤローをつけるんだな。妙なところで大越さんの法則を発見する。

「は、ハイ！」慌てて立ち上がろうとしたときにガスンッと音がして、僕の右膝がテーブルに思い切りぶち当たった。立ち上がったものの、痛くて声にならない。

「お、ああ、おお。うう、いっ」

みんなが心配そうに、それでも一斉に爆笑している。一番大口を開けて笑ったのは小牧姐だ。ああ、小百合さんの前で恥ずかしさの極致。

大越さん、一人だけぐっと僕を睨みつけたままだ。僕が右膝をぶつけた時に一瞬重たいテーブルが持ち上がったらしく、大越さんのジョッキのホッピーが半分以上こぼれて大越さんのズボンに注がれてしまったのだ。

「うう、ああ、いっっ、おおお」言葉にならない言葉で謝る。時子さんが慌てておしぼりを何本も使って大越さんのズボンを拭いてくれる。大越さん、それに目もくれず、血走った目でじっと僕を睨みつけている。怖い。

「うう、す、すみませぇえん」やっとの思いで痛みをこらえながらそう言うと大越さんは、

「ありがとうございますが先!」と怒鳴った。

僕は慌てて社長に向き直り、深くお辞儀をしながら大きな声で、

「ありがとうございます!」と叫んだ。

「おい膝? 大丈夫か?」と社長。優しい。

「ひざ、カマクラ!」鈴木が叫んでいる。

「降格」と社長が静かに言った。

＊

そのタイトルは〝今夜も生だよ〟というサブタイトルと冠《かんむり》付きで「寺ちゃんのサタデーナイト・レター」に決まった。

メインスポンサーはO－CANグループ、放送時間は土曜日夜11時00分より日曜日0時30分までの生放送。TRN他局はネットしない〝東京単〟という枠だ。

細かい内容の詰めまではできていないが、読むのは葉書だけ、ということだけはハッキリしている。

ファクスもメールも、ましてやフェイスブックもツイッターもラインも却下。理由は簡単だ。昭和にはなかったから、という鈴木の主張による。ファクスは存在したけれども〝一般的な家庭のどこにでもあるような代物〟ではなかったそうだ。

テーマは「昭和に帰ろう」だが、それは決して過ぎ去ったもの、失ったものをただ懐かしみ、惜しむのではなく、失くしてはいけない何かを思い出し護《まも》るためのヒントにしようということ。

スタッフ全員の思いは一つだ。

四谷三丁目の居酒屋ちょい都で、僕とハッピー鈴木、それに放送作家の内田、安部の四人はほぼ毎日、時々、田名網部長やら駒井局長まで色んな人がふらり、と加わる形で飲み会の形のブレストになる。

「寺島君、期待されてるよね」安部が言う。

「そうだよ、言ってしまえば、たかが局アナの番組一つにさ、ま、社長は別格としても、部長やら局長やら営業までワイワイ一緒に悩んでくれるなんて……愛だよ、愛。こんなの、今まで見たことない」と内田が頷いてる。

その通りだ。僕なんか、何の実績もない、ただの便利な小心者に過ぎない若手アナウンサーなのに、なんでこうなっちゃったんだろう？　と思い返せばそう、あの日の大越さんの説教からだった。

「このオ×××ヤロー！」アンドレ・ザ・ジャイアントに似てる大越さんは、我が東亜放送の七不思議の一つだが、もしかしたら大越さんは、ああ見えてウチの局に大きな影響を与える、そんな存在なのかも知れない。

それにしても安部も内田も他にも仕事を抱えているから、毎日は無理だけど、よく集まってくれる。この恩を、僕はいったいどうやって返せばいいんだろう？

「ねえ」と内田が僕に言った。

「寺島君。実は番組の途中で週が変わるって気づいてた？」と。

〝番組の途中で週が変わる？〟

え？　そういうことは何も考えなかった。何しろ、一時間半もの長い間、僕が葉書を読むだけで、果たして番組が成立するのだろうかという単純な不安にばかりかられていた。

「ゆく週くる週、ってのどうかな?」と内田。

「ウマイ!!」鈴木が叫んだ。

「面白いね。いいねえ、ゆく週くる週。あ、毎週毎週〝ゆく年くる年〟みたいに、厳《おごそ》かで大袈裟に新しい週を迎える儀式をやろうよ。それ、面白いと思うよ」と鈴木。

ふうん、なるほどなあ、と僕は放送作家という人たちの仕事の底力を見る思いがした。ゆく週くる週、なんて思いつきもしなかったなぁ。そのことに即座に反応したハッピー鈴木もさすがだ。それをゆく年くる年になぞらえて儀式をやろうなんて、すごい発想だ。こういう本気の遊びはとても大切だと思う。僕らが大人になった時に忘れてしまった素朴な感覚や小さな生活のリズムだったり、大切にしなくちゃいけない心なのかも知れないな。

「ここ、深夜のティータイムにするか」と内田。

「お、いいね。小牧姐さんの言ってたスポンサー募集の件、〝ゆく週くる週のティータイム〟って提案したら、五分枠で売れるかもね。例えばお茶屋さんとか」と安部。

「喫茶店なんか、きっちゃったりして」と鈴木。

「ハイ降格」と内田。最近身内で流行《はや》ってる。

「あ、じゃ今の発言切っちゃてん」

懲りない鈴木。さらに降格。

「正式に営業に提案してみるネ。意外にいける気がするネ」鈴木も本気モードだ。

「くだらないコーナーも欲しいなあ」と安部。

「くだらない？　っていうと？」僕が聞く。

「なんか、実話・創作問わず、思わずふと笑える身近な笑い話」安部は笑いが好きだ。

「でもさ、葉書ってダラダラ書かれると、下読みだけで疲れるよ。聴いてる方はもちろん」と内田。

「三秒だな」鈴木が即答した。

「三秒で笑える葉書のコーナーやってヨ」と鈴木。

へえ？　ダテに今までラジオで生きてきた訳じゃないな、と少し鈴木が眩《まぶ》しく思える一瞬。仕事仲間にそういう光を感じられるっていうのは、幸せなのに違いない。

「秒殺劇場！　ってのは？」と内田。

「殺、って字が嫌だ」鈴木が即答する。

「じゃ三秒笑劇場」

「それで行こう！　これも枠で売れるかも」

なんだか今日は一気に話が進むぞ。

「ああ、コーナーごとに提供社があるといいなあ」内田が深いため息をついた。

「なんで？」僕が聞くと、内田が言った。

「そうすればさ、採用葉書みんなに提供社からプレゼントがあげられるじゃない？」

なるほどなあ。僕らは葉書を書く人の悦《よろこ》びにまで、精一杯関わり合わなくちゃいけないんだな。ささやかな物でも、プレゼントは嬉しいものなんだよな。僕の不安が少しワクワクに変わりつつあるような気がしてきた。

「サイレント・リスナーを大事にやれよ」駒井局長が飲みながら参加してくれた晩、ブレストもかなり佳境に入った頃ふと彼がそう言った。

「つまりよ、葉書を書くわけでもない、積極的に反応するでもない、じいっと聴いてくれてる人がいる。この人たちが最も多く、最も熱心で、最も番組を押し上げる人たちなんだよ」

駒井は、この間こんなに飲んだかなぁと言いながら十四代の瓶を持ち上げる。あ、すみません、先日小牧が、と言葉にはせず、胸の内で謝罪。気がつくモンなんだなぁ……飲んべは。

「葉書を選ぶときにはよ、できるだけサイレント・リスナーを意識しろ」と駒井は旨そうにグラスを口に運んだ。

「毎週七百から八百通以上の葉書が来るぜ。テラ一人じゃ読み切れないぞ。そのための放送作家だ。上手に粗《あら》選びしてやるんだぞ」

「そんなに葉書が来ますかねえ？　※印ですよ」

「※印をなくせって言った筈だぜ」

駒井の目がぎらりと光って僕を睨みつけた。

「心を込めて、正しいと思うことをやってれば数字はついてくるんじゃなかったのか」

そうだ、番組はそこから始まったのだった。

僕は改めて背筋を伸ばした。

8　雨の犬

「それにしてもさ……」ふとハッピー鈴木が言った。

「ボクちゃん、大越さんに何が気に入られたんだろうな、と思うのね」

「うん、珍しいよな。大越さんがすごく思い入れてるんだよな、おまえさんにさ」田名網が頷いている。

〝ちょい都〟の奥の小上がりはこのところすっかり「予約席」になってしまっている。

放送作家の内田が反応する。

「それそれ、僕も驚きましたよ。いや、大越さんのイメージ、僕の中ではすっかり変わっちゃいましたよ」

「それは僕もそう」安部も大きく頷いてる。

「大越さんって、危なくて怖い人だと思ってましたからね」と安部。

「危なくて怖い人だぜ」と田名網が茶化す。

「でもなんか、オ×××！　って叫ぶ変人っていうだけじゃないなって……本当はすごく真面目な人なんじゃないかって……イメージが変わっちゃったなあ」と内田。

「そうそう、自分の生真面目さに照れてるっていうか、そういう自分に苛立ってる感じかな」と安部。

「そういうところは……あるかも知れないね」鈴木まで小さく頷いている。

「おまえさんさ、大越さんの番組、聴いたことあるか？」田名網が言う。

『心に愛を』という宗教番組は月曜日から金曜日の、毎朝4時50分から5時までの十分番組。

　現在は局アナの大先輩岡部《おかべ》素子《もとこ》さんが葉書で寄せられる人々の悩みや疑問などを教会の神父さんやシスターに相談したあと、聖書の一説を朗読する。毎日毎日、よくもまあこれだけ悩みがあるものだ、と驚くほど細々とした悩み苦しみが寄せられるのだ。

「毎日聴けませんが、時々ハッとすることがありますね」

　僕がそう言うと、田名網はにやりと笑った。

「時々ハッとさせられる、ってのがおまえさん、いちばんいい聴き方なんだよ。毎日毎日ハッとするのには限界があるのよ。刺激だってそうじゃない？　感動だって麻痺するのよね」

なるほどな、と思う。

「真面目な人だから感動の対極に自分を置くことで、毎日リセットしようとしてるのかも知れないぜ」と田名網。

「えー。その対極がオ×××？　それは深読みしすぎじゃなあい？」鈴木が噴き出す。

「あはは、やっぱそーかぁ」言った田名網も自分で噴き出している。

「寺島君さ」ふと安部が聞いた。

「何で大越さん、あんなに寺島君に思い入れがあるのかな？と思って」

「それはあれじゃなぁい？　大越さん、一所懸命な人大好きだからさ、ボクちゃんのさ、一所懸命に惚れたんだと思うよぉ」と鈴木。

「寺島君って不思議なんだよね」と内田が僕に言った。

「『ラジオまっぴるま』もあんなに一所懸命で全力疾走じゃない？　でも、不思議に暑苦しくないんだよね」

「それはそう。それがボクちゃんのいい意味での個性だよ」と鈴木。

なんか、鼻の奥がつーんとした。

一所懸命だけど暑苦しくないって、今の僕にとってはものすごい褒め言葉だ。

＊

忘れられない思い出がある。

ゲリラ豪雨、とでも言った方がいいようなひどい雨が降る朝。会社に入って、まだ一カ月も経たない頃のことだ。

四ツ谷駅から二丁目へ、すでにズボンの裾《すそ》なんかびしょ濡れになって情けない気持ちで歩いていた。

ちょうどパチンコ屋の前の交差点だった。

「止まれ止まれ止まれー！」という怒声が聞こえた。

殴りつけるような雨の中、傘もささず四谷見附方面からやって来る車へ向かって、その人は新宿通りの車道で両手を拡げて立っていた。

その大きな人は、濡れ鼠《ねずみ》だが一向に気にしていない。

機嫌の悪い時のアンドレ・ザ・ジャイアントのような顔で、通行車両の前に立ちはだかっていた。異様な気配に目をこらすと、道路の真ん中、大男の足下に大きなラブラドール犬が血まみれになって倒れている。

あ、撥《は》ねられたんだ。

大きな人はこのラブラドール犬が、さらに轢《ひ》かれないように車を止めているのだ。

歩道には女性用のピンクの折りたたみ傘が開かれたまま放り出されていたが、まさかこの傘がこの人のものだとは、その時は思いもしなかった。

「お手伝いします！」僕が言うと、「おし、こっち来い!!」と叫びながら自動車を止めている。

遠くで苛ついたようにクラクションを鳴らす音が聞こえるが、二台の先頭車両は事の次第を理解して、冷静に止まってくれている。

彼は、ひざまずいて血だらけの犬を背中から抱き起こそうとした。

うわ、血だらけだ、泥だらけだ。

一瞬僕は躊躇《ちゅうちょ》した。

だって僕、一張羅のスーツだ。ああ、関わり合わなきゃよかった、と思う。

「オラぁなにしてんだ、ワカゾー！　早くしろ!!」

怖い大きな顔の人が怒鳴っている。でも、その時は僕の心の中で、怖いよりもつい〝犬が可哀想〟の方が勝ってしまったのだった。

僕は洋服の青山で買ったスペアズボン付のスーツの値段を思い出し、それを振り捨てる覚悟をしてからやっと慌てて傘を畳み、ガードレールに立てかけて車道に飛び出した。

ちなみに傘はバーバリーだった。

「おお、すまん。そっち持ってくれ」

飛び出していくと大男は優しい声でそう言った。

二人で抱え上げようとするが、大型犬はさすがに重たい。

二人がかりで必死に抱え上げ、取り敢えず歩道まで運ぶ。

そこへ犬を寝かせたら、大男は止まってくれた車に向かい、多分笑顔なんだろうなぁ、あれでも、と思う顔で「すまん、ありがとぉ」と怒鳴った。

運転手はニコリともせず、迷惑そうに去って行く。あっという間だったが、新宿通りにちょっとした渋滞を招いていた。

「いや誠にすまんな。ご苦労ご苦労」

僕に向かって笑っている彼の白いシャツは、犬の血と泥とで真っ赤、真っ黒だ。それからガードレールに立てかけてあった僕の傘を親切に渡してくれて、自分はピンクの折りたたみ傘を拾う。

うわ、ピンク、似合わね、と思う。

ものすごい姿だった。

全身、血と泥だらけのスーツになったその人は、弾むように大きな息をしながら、その大きな身体に似合わない、小さなピンクの傘をさして僕の目の前に立っている。

よくわからないが、怖い。

ものすごい豪雨で、傘を雨が叩く。

ふと、時計を見るとまだ出社時間には間があるが、それにしても、この血だらけ泥だらけではどうにもならないな、とため息。

しゃがみ込んで犬の様子を見ていたその人は、携帯電話を取り出して大声で叫んでいる。

「犬が轢かれてんだぁ！　早く来い！」

いったいどこへ電話をしているのか咄嗟《とっさ》に想像できない。

「なにぃ！　それでもおめえ、警察官かぁ！」ものすごい勢いだ。

え……相手は警察？　え？　犬のことで？　少し違うんじゃないかなあ？

「なにぃ、じゃあ貴様！　どこへ頼んでどうすりゃいいんだ！　こらぁはっきり言え！　このオ×××ヤロー」

心臓が止まるかと思った。傘をさしながら立ち止まり、こちらをうかがう人の数が増えた。誰も犬のことには気づかない。大男の大声に振り向いているのだ。

「何ぃ‼　保健所だぁ？　おめえ、生きてる犬を処分しろって言うのか、管轄が違ったら相手にもしねえってのか！　この腐れオ×××ヤローー！　覚えてろ」ものすごい鼻息で怒鳴っている。気持ちはわかる。

それにしてもケーサツ相手にいったい何を、どう覚えていろというのだろう。電話の相手に同情する。

電話を切ると彼は今度は急に、がっくり肩を落とした。

「どうしたんですか？」僕が恐る恐る聞くと、

「警察じゃ犬の事故は扱わねえと抜かした……。保健所へ届けろとよ」

頭から湯気を立てて怒っているけど、管轄違いじゃ仕方のないことだ。

「参ったなあ……可哀想に。自分じゃあ、立てないほどだ」

彼は、横たわる犬に傘をさしかけてやり、自分の背中はびしょびしょに濡れるにまかせている。その時の切なそうな彼の顔を今も覚えている。

おそらく年老いているその犬は、澄んだ目で大男を見上げた。そして口のあたりの血を自分で舐《な》めながら、微かに尻尾を振った。それから差し出した彼の手をそっと舐めたのだ。

「撥ねられたんですか？」

僕が聞くと、彼は、

「知らん。ともかく通りがかると、血だらけの犬が車道にいた」とぶっきらぼうに言った。

「どこの犬でしょう？」

「知らん！」

この人は怖い顔をしているけど、僕が声をかけなければ、きっと一人でどうにかしていた筈だと思う。彼への言葉を探しながら、老犬と彼を見ていた。

ふと、そこへ通りがかった一台のワゴン車が僕らを見つけたのか、交差点の真ん中あたりで急ブレーキを踏むと、歩道側に車を寄せて止まった。

そしてハザードランプをつけて、そのままバックして僕らの近くまで来ると、見るからに親切そうな五十代くらいの男性が傘をさして近づいてきた。

「どうしました？」

「この犬が、その道の真ん中で倒れていた。どうも撥ねられたようだ」

「やっぱりそうですか。一瞬訳ありかな、と思って……いやあ、停めて良かった。じゃ、診てみましょう」

「見てわかるんですか？」僕が聞くと、

「私、獣医です」あっさりとその人は答えた。

大男と二人、思わず目を見合わせた。

神様っている、と僕はその時に思った。

その獣医はしばらく犬の身体を触ったり、足を持ち上げたりしていたが「ああ、車に轢かれたんじゃあないですね」と言った。

「え？　血だらけですよ」

「この子、病気ですね。これ……自分で吐いた血です。多分フィラリアだね」

「え？　病気？」

「この子、一人でいたんですか？」

「知らん。ともかくそこに倒れていた」と大男。

「ああ……」とその獣医がため息をつきながら静かに頷いた。

「この子、多分捨てられたんですねぇ……。老犬ですし。病気になったからか、飼い主が別の事情で飼えなくなったか」

「なーにぃ!!」大男が鬼のような形相になった。

「か、飼っていた犬を捨てる？　老犬だから？　病気だから？　バ、バカヤロー！　飼い犬は、おめえ、か、家族だろうがぁ」

「あのう」と僕は恐る恐る止めた。

「こ、こちらの方に文句を言っても……」

「ああ、そ、そうか。そうだな。ごめんなさい」

「今、そういう子、増えてるんですよ」そう言って獣医はワゴン車の後ろのドアを開けた。

「この子、預かります。ここへこのまま放り出す訳にはいきませんから。それに……可哀想だけど、そう、長くないでしょうねえ」

そう言いながら僕らに名刺を差し出した。「橋本《はしもと》犬猫病院院長　橋本薫《かおる》」と書いてある。住所は中野区弥生《やよい》町だ。

僕も慌てて名刺を差し出す。

大男も名刺を取り出した。

「おろ⁉」覗き込んで大きな人が叫んだ。

「な、なんだ。お、おめえ、東亜か」

「は、はい！」

「お、俺もだ」

僕は思わず直立不動になる。

「どうもお見それいたしました」

僕がしどろもどろになっていると、

「ありがとうございました」と、急に橋本獣医が僕らにそう言った。

「いえ、ありがとうはこちらです」

僕が答えると、獣医は優しく笑って僕らの服を指さした。

「服、駄目にさせちゃいましたね。そうまでしてくださってありがとう。僕らはお二人のような……こういうのがいちばん嬉しいんですよ」

そうして手際よくシートを出し、あっという間にそのラブラドール犬を抱え上げて車に乗せると、僕らを振り返って言った。

「ご連絡しますね。この子のこと、気になりますでしょ？」

「ありがとうございます」颯爽と走り去る車に僕は深々とお辞儀をした。

音を立てて水しぶきをあげながら、橋本獣医の車は新宿方面に去って行く。

僕らは降り止まない雨の中で、しばらく声もなく、車が見えなくなるまでじっと見送っていた。

ふと振り返ると彼が僕を見おろして言った。

「おい、ワカゾー、でかした」

そして僕の手を握った。握力強《っ》ぇぇぇ。その人の手は雨やら何やらで、濡れてべちょべちょだ。うわ気持ち悪い。それと痛い。目眩《めまい》がするほど力強く縦に振り回すんだもの。

それから僕の肩をどん、と叩くと「よし。じゃ、行くか」と言った。

「え？　ど、どこへ」僕はのけぞった。

「会社に決まってるだろ」

「え？　こ、この姿でですか？」

「ばーか、行きゃどうにかなるんだよ。そ、それともおめえ、今日は休むのか⁉」

「いえ。行きます」

その後その大きな人は無愛想な顔に戻り、僕の前をとっとと歩いて会社へ着くなり、さっさとどこかへ行ってしまった。どんな仕事をしている人かも、さっぱりわからなかった。

僕の格好の、あまりのひどさに同情してくれた先輩が貸してくれたゴルフウェアで僕はこの一日を過ごした。

風邪引いたけど。

それから橋本獣医からすぐに連絡があり、あの老犬は骨折などしていない、ということ、やはりフィラリアだということを告げられた。

その週の日曜日に中野区弥生町の病院を訪ねて驚いた。入り口であの大きな人とすれ違ったのだ。彼が出ていくところだった。あんな怖い顔だけど、やっぱりあの犬のことが心配で会いに来たんだ。もっとも、すれ違った時、僕のことを全然覚えていないような顔で、僕の会釈は無視されたのだけど。

一カ月半ほどあと、橋本獣医から、昨日の夜、安らかに逝きましたと連絡があった。橋本獣医にあとで聞いたら、彼は毎週病院に来ていた、と知らされた。最期にも立ち会ったと。

獣医さんが固辞するのを、彼は、涙をこぼしながら「治療費だ」と、押しつけて帰ったそうだ。優しい人ですねえ、と獣医は切なそうな笑顔で言った。

その後、僕は研修センターで研修を受け、一カ月後に正式に会社の机をもらった。制作局のアナウンス部で、よりによって大越さんの真正面の席が僕に与えられた時、やっとこの人の会社での正体がわかった。

「オ×××ヤロー」という雄叫びに最初、気が遠くなったが、やがてそれにも慣れて次第に日常になっていった。

これが大越さんとの出会いだった。

みんなは大越さんがただの変人だと思っているのかも知れないが、大越さんは、あの土砂降りの雨の中、躊躇せず血みどろの犬を抱き上げた。実はあの人は、そういう人なんだと触れ回りたかったが、このことは誰にも話したことはない。

大越さんがただの一度もその時の話を僕にしないからだ。照れくさくて話したくないのだろうと思ったから。

だからあのあと、数週間の間、あの現場に「ラブラドール犬預かっています」という大越さんの手書きの貼り紙があったことも内緒だ。

多分それでいいと思う。

9　青天の霹靂《へきれき》

東亜放送の人気番組の一つ「ラジオまっぴるま」の僕が担当する〝不可思議実験報告〟は堀尾Dの暴走を止められない。放送作家の内田まで暴走し始めたが、内田は僕の深夜放送のために骨を折ってくれているので文句など言えない。

今週のテーマは「トイレのスリッパに見る公共心」とかで、公共施設内のお手洗いのスリッパの乱れ方の考察だった。個人的には結構面白かった。というのも、整然とスリッパが並んでいるのをわざとぐちゃぐちゃにしておくと、当分の間はぐちゃぐちゃのまま元には戻らないものだ。しかしどこの施設にも、ふとそのことに気づいてそっと並べ直す心ある人物が一人や二人はきっといるものだ。

実験地十カ所中七カ所の施設にはそういう心ある人物が存在した。つまり僕がわざわざスリッパをごちゃごちゃにしても、数十分後には直す人物がいるのだ。

これがいわゆる日本人の秩序というものかも知れない。それに反し、僕が訪ねた時すでにスリッパがごちゃごちゃになっている施設は、ほとんど数時間そのままだった。

そういう場所では、お掃除係の人が直すまで、ずっとごちゃごちゃが続く。当たり前のことだが、日本人のすべてに公共心がある訳でもないのだ。しかし面白いもので一旦きちんと並べられたあとはしばらくの間、皆自然と無意識に、整頓を崩さぬよう心がけるようだ。〝綺麗なトイレは綺麗の連鎖、汚いトイレは汚い連鎖が起きる〟と個人的に腑に落ちた。

「最高だったよｙｏｕ！」堀尾が僕を指さしてそう言った。

「案外何だな、この番組の実験って社会生活の実態調査に役立つな。そう思わねえか？

今度スリッパ調査、アメリカでもやりてえな」

アメリカのトイレ、スリッパないっすから。


「今夜、ちょっと真面目な話があるんだけどネ」

ハッピー鈴木が僕を呼んで真顔でそう言った。少し曇った顔だ。何かあったな？　と思うけど、想像できない。制作費のこととか、スタッフ間の軋轢《あつれき》とか、ともあれ何らかの齟齬《そご》が生じたに違いない、と少し緊張した。

「おい！　オ×××ヤロー」

大越さんは今日も健在だ。僕の机の真向かいで、マグマ大使のゴアの機嫌の良いときのような顔で順調に「オ×××」と呟いている。調子の良いときはその回数が増えるようで、最近ではその下品な〝禁止単語〟に僕の耳が慣れすぎたせいか、時折それが「ガンバレ」に聞こえるようになった。

だったらぜひとも恥ずかしい〝オ×××〟ではなく、きちんと「ガンバレ」と言って欲しいものだが、これればかりはどうにもしょうがない。でも不思議なことに元気のない日はそんな言葉でも寂しげに響くし、辛い時には辛い、と聞こえる。つまり、言葉というものはその単語の持つ本来の意味よりも、誰が、どんな時に、どのように発するかということによって、本来の「言霊《ことだま》」は動くのだ、と気づく。大越さん、元気な日は殊《こと》に声がデカイ。顔はもっとデカイ。今日は元気なようだ。

「お、おめえの番組のことで話がある。今日もちょい都か?」

このところ居酒屋ちょい都の小上がりは新番組打ち合わせ室と化しているから、おそらくそうなると思う。

それで、はい、おそらく、と答えた。

今日は二度、葛城小百合さんに会った。一度は彼女が小牧姐を訪ね、一緒に昼食に出て行った時、二度目は〝不可思議実験報告〟の中継を終えて会社の正面玄関に戻った時。小百合さんは社長のお供で出かけるところだった。キューティクルな長い黒髪にベビーピンクのカチューシャが似合う。一瞬目が合うと、小百合さん車の中から微かに微笑んで首を傾《かし》げるようにお辞儀をしてくれた。お陰でこの日は機嫌良く仕事をし、夕刻6時前のニュースを読んだあと、四谷三丁目の居酒屋ちょい都へ向かった。もちろん奥の小上がり。

「つい口が滑ってさ」と鈴木が肩を落とした。

「ウチは局アナで土曜に昭和の匂いのする深夜放送を始めることにした、ってね」

「誰にですか?」

「虻田《あぶた》だよ、虻田」

「その人知りません」

「ラジオトーキョーのＰでネ。いや、こいつがまた、ちょっとばかりヤなヤツなのよ」

「はあ」

「僕と同期の、しつこいヤツなのネ」

鈴木がいったい、何を落ち込んでいるのかまだその時にはわからなかった。

「昭和の匂いって、うっかり言っちゃったんだ。ボクちゃん、ごめんね」

「謝るような話じゃない気がしますけど」

「いや、昭和の匂いって言った瞬間に虻田の目がギラッて光ったのヨ。多分……あいつ必ず何か仕掛けてくると思う」

「何をですか？」

「あのね、ボクちゃん。放送局同士の闘いって、やっぱりあるのよ。例えばさ、完全に聴取率調査で数年間全日リードしていてもね、相手局に〃起死回生〃の番組が一つ生まれた途端、次の調査の時には全部ひっくり返されるようなことがあるの」

ラジオトーキョーはＴＮＮというネットワークのキイ局で、東京では常に聴取率１位を続ける大横綱だ。全日平均聴取率では我が社はキイ局四社中、大体３位。時々２位に躍り出ることもあるけれども、僕が入社して以来ほぼ三年は３位に落ち着いたままだ。

ラジオトーキョーはウチなんか相手にしないと思うのだが。

「虻田はね、何しろホンの少しでも気になる相手は潰しにくるの。何しろ勘がいい。ちょっとでも気になると総力を挙げてムキになって潰しにくる。そういうヤツに……ふと〝昭和の匂い〟なんて口を滑らした僕が悪い。ごめんなさい」

何だか鈴木の口調は普段の明るさが影をひそめ、重苦しい。余程その、虻田って人に苦い思い出があるのだろうな。

「ウチで決まりかかってた人気絶頂のアイドルの番組を企画ごと、そっくり持ってかれたり、僕が育ててた放送作家の良いのがいたんだけど、ギャラでひっぱたかれると人間当然高い方に行くよね。それで持ってかれたりサ。その作家、今やラジオトーキョーの軸の一人だヨ」

鈴木、相当、虻田って人を怖がってる。

「でも、僕たちのしようとしてることは、邪魔のしようがないじゃないですか」

「いや。何かある。果たして何を仕掛けるつもりがアルカイダ。きっと何かアルジャジーラ。ああ、なんて中東半端な洒落」ウマイ。昇格‼

「オ×××ヤローども、待たせたな！」

このタイミングかぁ。大越さん大声で危険単語を発しながらラピュタのロボット兵のようにずしんずしんと近づいてくる。

「おう、洒落ん人《じん》も一緒か。ちょうどいい」鈴木の肩に手を回すようにその隣に腰掛けた。

「それソ連人のもじりですか？　おそロシア」鈴木が平然とやり返す。

「お、おめえの顔見るとよ、な、なんか下らないこと言わなくちゃって強迫観念があるな」

「そうです私は謎のロシア人、イワン・コッチャナイ」と鈴木。僕だけが笑う。大越さんはきょとんとしている。大越さん、本当は洒落は不得意なのだ。それでも精一杯鈴木の洒落を理解しようとしているのだろうか、眉間に皺を寄せて大きな目を見開いてぐいっと鈴木を睨みつけている。マジ怖い。

大越さんはその怖い顔をいつ普通の顔に戻して良いかタイミングがわからなくなったらしく、その顔のまま時子さんに向かって、

「ホッピー！」と叫んだ。

「あいよぉ」時子さんの声は人を落ち着かせる。その脇でマスターが頭を抱えてる。

「また負け？」僕が聞くと、マスターはそれどころじゃないぜ、と言った。

「宮本慎也《みやもとしんや》……ホントにやめるんかな」

僕らには確かに大ショックな出来事だった。若松勉《わかまつつとむ》以来、古田敦也《ふるたあつや》、宮本慎也と我がスワローズには最初はさほど期待されていなかった生え抜きの地味な選手が、気づけばいつの間にか大黒柱に育っているという奇妙で美しい土壌があるのだ。そのスワローズの象徴とも言うべき宮本慎也の引退は僕にとってもマスターにとっても大きな喪失感な

のである。不覚にも涙がこぼれる。

「おい。ラストレターっていうコーナーを作ってくれる気はねえか」大越さんの言葉に、はっと我に返る。

「ラスト……レターですか?」

「お、おう」ホッピーを一口。

「ど、どうせおめえら、はしゃいで騒いでワイワイやると思うんだが、や、それはそれでいいんだ。だけどよ、最後の一コーナーだけは真面目な葉書を読んで欲しいと思ってよ」

大越さん、よく見たら綺麗な目だ。

「ほ、ほら、ラジオ体操でもよ、最後は深呼吸だろ? ものの収め方は色々あるけど、あ、あれがいちばんいいんだ。深呼吸がよ」

たった今、宮本慎也引退の報を知らされたばかりの僕に〝ものの収め方〟という言葉は妙にずしんとこたえた。

「最後に胸に残る葉書を読んでくれたらよ、聴き手にはその温もりが残るんだよ。前でどんなにふざけてもいいからよ、深呼吸することだけ忘れるなよ、ボウズ」

「いい言葉だねえ」鈴木が大きく頷きながら息を吐いた。

「ボクちゃん、それ必ずやろう。最後の一枚はその週に寄せられた全葉書の中から、たった一枚、いちばん温かい葉書を読もう」

「わかりました」

「温かい葉書はホットする。ウマイ!!」

嬉しそうに言う鈴木を大越さんはものすごい目つきで睨んでいた。

＊

九月に入り「今夜も生だよ　寺ちゃんのサタデーナイト・レター」の開始が十月五日土曜日の夜11時から、と正式に発表された。

何でも、局アナによる深夜放送は我がＪＯＰＲ東亜放送では二十五年ぶり、つまり平成初ということになるのだそうだ。だからといってたかが民放ラジオ局の〝東京単〟の新番組が世間で話題になるはずもなく、我が東亜放送では元々ほとんど人が聴いていない※印の時間帯ということもあり、局的には「ま、やれるだけやってごらん」といったムードなのだ。

わかりやすく言い換えるなら、いわゆる「ダメ元」。

しかし小牧雅子姐が、すごく応援してくれる。小牧姐は昼の我が局の人気帯番組「デレデレワイド」で長いことメインアシスタントを続けているのだけれど、その担当番組で折に触れ僕の番組を宣伝してくれているのだ。メインキャスターの古田《ふるた》照美《てるみ》さんも、元々ウチの局アナ出身だから、一緒になって熱いエールや援護射撃をしてくれるから誠に畏れ多い。

お陰で局の中でも外でも僕の知り合いには何となく僕がメインの新番組が始まるということだけは知られ始めたようだ。

「おい、これは実はすごいことなんだぜ」

〝ちょい都〟の小上がりでチーフPの田名網部長はビールで喉を湿《しめ》したあとで僕にそう言った。

ラジオで新しい番組が始まるということを宣伝するのはとても難しい。テレビでは人気の俳優やアイドルが番組を持つとこぞって取り上げられるけれども、ラジオの局アナじゃ話題にするのも難しいだろ？　と僕に説明した。

「もしかしたらラジオはすでにマイナーのメディア、と捉えられ始めているからだと俺は思ってるんだ」

田名網が苦しそうにそう言った。

「テレビと違って見えねえからだ。でもな、〝見なくても伝わる〟というのは、実はすごいことなんだぜ」

それはよくわかる。

だって、ドライバーや店頭商売の店先や地味な手仕事をする人など、じっくりとテレビを見る暇がない。でも何かの情報や娯楽を取り入れたいと思ってる人たちには、テレビ以上に身近なメディアなのだ。

「僕もそう思うの」

ハッピー鈴木が言った。

「テレビは見せなければ始まらないもんね。逆に言えば見せたら終わるの。本物のテレビマンはきっとそれで悩んでる筈なのネ」確かにそうだ。近頃のテレビバラエティは肝心なところに差しかかると思わせぶりにＣＭへ行く。戻ってきたらまた先ほどの思わせぶりから始めて、最後にやっと肝心な場面を見せる。見せたら終わり、とはそれほど辛いことなのだ。しかしラジオはそれとは少し異質だ。

「例えば、前にラジオドラマで三国志やったんだけどサ、その一節でね、『曹操《そうそう》の軍勢百万が雲霞《うんか》のように山裾を埋め尽くしたかと思うと、地の底から湧き起こるその鯨波《げいは》は敵陣を震え上がらせた』って言うだけでサ、聴取者は、見たこともない百万の軍勢が……果たしてどんなにかはわからないけどネ、山の裾を埋め尽くして、おおおおと轟《とどろ》くような声が響く様《さま》を勝手に想像するのヨ」

「んだな。十人聴けば十人違う映像が浮かぶ」

田名網が頷いている。

「それがある意味、テレビの弱さなのよ。本当にわざわざ百万人のエキストラを集めて関《とき》の声を上げさせても意地の悪い視聴者の中にはな、『本当は三十万人くらいじゃねえの』なんて疑るヤツが現れるからね」

なるほど、誠にややこしい。つまりラジオは、送り手と聴き手が共同作業で脳のイメージをやりとりするという実に面白いメディアなのだ。この晩改めて僕はそう教わった気がする。この夜は、何だか久しぶりにぐっすりと眠った。

＊

「ボクちゃん！　ごめんなさい!!!」

朝、元気に出勤して席に座るなり、ハッピー鈴木が新聞を片手に青い顔で飛んできた。

「これ見て！」スポーツ紙の芸能面の5段抜きの記事の見出しを見て、さすがに驚いた。

〈ラジオトーキョー新番組「昭和に帰ろう」〉

〈人気アイドル軍団ＢＣＧ48が交替で昭和をお勉強〉

小見出しにはそう書いてある。

〈お笑いの巨匠達が今人気絶頂のアイドル軍団に一週交替で大笑いしながら温かく懐かしい昭和を教える、ほのぼの番組、土曜夜10〜0時〉と書いてあった。

「虻田に……やられちゃった」

鈴木の目に涙がにじんでいた。

10　イカリをしずめよ

堀尾Dから手渡されたのは『伝説妖怪大事典』という分厚い本で、今週はこれだ、という。

〝不可思議実験報告〟の話だ。

「妖怪をどうするんですか?」

「もうそろそろ俺の個性っつうものを呑み込んでもいいんじゃねえのかい?　ｙｏｕ」

と中指を立てた。

「まさかその、表通りで妖怪探し?」

「ビンゴだぜ!　ｙｏｕ!」

んなバカな。昼日中にどうやって妖怪を探せっていうの。

「ｙｏｕ!　そのへんに本物がいるわけないだろがヨ?」と来た。

「じゃ……いったい?」

「似たヤツを探すんだよ。ほれ、そこいらに妖怪に似たヤツいるじゃんかよ。いったい何人探せるか、だな」

あんたアホか、ラジオだぜ、と言いかけてやめた。

だって逆に考えたらこれはかなり楽な仕事だ。ラジオなんだから、「あ、なんとかに似ている」って適当にやればいいんだから。

「you！　適当にやるんじゃねえよ」

堀尾がにやりと笑い、

「本当に似ているかどうかお前の描写にかかってるんだよ。本当に似てなきゃ……」と言うと両手で首を絞める動作。

やだなあ。お見通しだ。

「こりゃ、さすがに可哀想だね」放送作家の内田が噴き出している。

まさか分厚い本を持って道ばたをうろうろする訳にもいかないので、内田と二人で、折りたたみ式の小さなテーブルと椅子をかついで新宿通りまで出て、和菓子屋の脇の比較的通行の邪魔にならないあたりを借りて座ることにした。

実況中継な訳だ。

「お？　四ツ谷駅方面から大股でこちらへ向かって参りましたのは、お坊さんであります。年の頃なら五十でこぼこ、法衣《ほうえ》をまとったそのお顔は、おお！　まさにこれはこの『妖怪大事典』に描かれましたる〝化け地蔵〟その人ではありませんか！　ただ、その、顔がわりあいノーブルで……うーむ、化け地蔵というよりも……まあ、そこいらのお坊さん」

「あったりまえだろ、バカ」イヤーモニターから爆笑しながら叫ぶ堀尾の声が聞こえる。だって無理なんだもの。

「ええ、寺ちゃん寺ちゃん」

キャスターの赤西家吉べゑが呼びかけてくる。

「はいはいはい。何でございましょうかねえ」

「〝ぬりかべ〟なんかいませんかね?」

笑いをこらえながら無茶振りする。

「あ、ぬりかべ?　ぬりかべでございますか?」

そんな物がそこいらにいる筈がないのだけど、隣に座って懸命に本を眺めていた内田がこちらへやって来る顔のでかい女性を指さす。

「ああ、いましたいました、今、こちらにしずしずと歩を進めて参ります年の頃なら四十と五、六。塗っております塗っております。大きな顔一面にかなり塗っております。これは何でしょう、普通の人なら一月《ひとつき》もとうかという化粧品がおそらく半月ももたずに消費されるという、まさにぬりかべその人であります」

最後の〝ぬりかべ〟という単語がその人に聞こえてしまった。

「聞こえちゃったよ」内田が肘でつつく。目がまともに合う。

キッと僕を睨んだ顔の恐ろしいこと。

「う、美しい。誠に美しいぬり……でございます」

もう、しどろもどろでスタジオ大爆笑。

その後無理矢理〝小豆《あずき》洗い〟やら〝砂かけ婆《ばばあ》〟を発見して終了。

かなり厳しかった。

「案外面白かったぜｙｏｕ！」

堀尾が椅子の背にそっくり返るようにして僕を人差し指でさしながら言った。

「明日はヨ、通行人にヨ、どの妖怪に似てるか自分自身で選ばせるっつのどーだぁ、ｙｏｕ！」

殴られるよ、僕。


僕がパーソナリティとして十月から始める新番組「今夜も生だよ　寺ちゃんのサタデーナイト・レター」の裏番組（いや、力関係で言うと明らかにこちらが裏番組なんだけど）、ラジオトーキョーがぶつけてきた（いや、こっちが勝手にぶつかってるだけなんだろうけど）新番組「昭和に帰ろう」は、企画が発表されただけなのに、すでにギョーカイでは話題だ。

何しろ今をときめくアイドル集団「ＢＣＧ48」の人気メンバーが交代でパーソナリティを務め、若い彼女たちに昭和の温もりを教えるのが、現代のお笑い界をリードする巨匠たち。

落語家や漫才師をはじめ、俳優から声優に至るまでおよそ十五人ほどの人気者が、入れ替わり立ち替わり昭和の温かさをレクチャーしながら少女たちと一緒に世の中を笑い飛ばすという超大型ラジオ番組なのだ。

一方こちらは無名の新米アナウンサーに過ぎない僕がたった独りで葉書を読むだけ、という地味な番組だ。もう、戦う前にすでに勝負は決まっちゃったようなものだ。

ハッピー鈴木がラジオトーキョーの虻田Pに、何かの弾みで「昭和に帰ろう」というウチの番組のコンセプトを漏らしてしまった。それが虻田Pに強烈なヒントを与えてしまったのだ、と鈴木は悔しがる。そうなれば実力と資金力で我々を遥かに凌駕する存在、ギョーカイ1位に君臨するラジオトーキョーの前に我々は膝を屈するしかないのだ、と鈴木はしきりに僕たちに謝罪するのだけれど、実は、僕はあんまりショックを受けていない。

というのも、どのみち僕の番組は相手の問題なんかじゃあないのだ。自分自身がどうしていいのか途方に暮れているのだもの。

まあそれでこの晩の〝ちょい都〟の小上がりは何となく沈んでいた。ディレクターのハッピー鈴木、放送作家の内田、安部と僕の四人だ。

「つい口が滑っちゃったんだよネ。誠に申し訳ない」と鈴木。

「虻田さんって、勘の鋭い人ですね」安部が肩を落とした。

「でも、ちょっとえげつないね」と内田。

「えげつないっていう言い方はやめた方がいいネ」と鈴木。

「こういう仕事はネ、綺麗事じゃないのよ。ある意味、お互い様なんだ」なるほど。

「力の強いモン勝ちって、悔しくない？」と安部。

「宣伝力も資金力も違うからねえ」鈴木がスポーツ紙のラジオトーキョーの新番組の記事を膝元で拡げてはため息をつく。

「ホント、ギョーカイって力の強いモンの天下っすからね」と安部。

時子さんが、そんな僕らを見て笑い出した。

「何よ、その不景気なムード」

それからしばらく一人でカウンターの中で何やらごそごそしていたと思ったら、ふらりと皿を持ったまま出てきて、

「ほら、これ、サービス」

見ると、中皿に盛りつけられた、赤ピーマンを割って種を取ったみたいな野菜。

「これ、何ですか？」思わず聞くと、

「赤万願寺《あかまんがんじ》。もう季節的には最後に近いけど、甘いのよ。今日は金山寺《きんざんじ》味噌で召し上がれ」

時子さん、ついでにこれも召し上がれ、と自慢の雪花菜《おから》。

「お通夜でもあるまいし、シャンとしなさいよ」

「その通りですよ」と僕は言った。

「まだ番組は始まってないんですから」

「あ、ホントに甘い。甘赤万願寺甘黄万願寺甘茶万願寺。あ、茶はないか」と一口かじって内田が呟く。

「雪花菜、うめえなあ。卯《う》の花にヒジキと油揚げとニンジンのバランスが良いんだよな。甘すぎず辛すぎず、香ばしくてきめ細やかで、炒め具合なんか名人だな。これ、雪花菜好きの花山大吉《はなやまだいきち》に喰わせてえなあ」安部がため息をついている。誰も反応しない。

その時、不意に水戸黄門《みとこうもん》の主題歌〝あゝ人生に涙あり〟が店中に響き渡る。鈴木の携帯電話だ。画面に誰か男の人の顔写真が映っている。

「何でその曲？　音量半端ないし」内田が噴き出す。

「人生楽じゃないモンね」と安部がそっと呟く。

「おいらの着信音は東京音頭。ああ、今シーズンはもの悲しいな」マスターが苦笑いしながらカウンターで呟いている。

すぐに携帯電話の画面を覗き込んで、鈴木は小声で虻田からだ、と呟いた。

皆、一気に少し緊張する。

僕なんか思わず生唾を呑む。

「ひどいじゃない」電話に出るなり、割合冷静な口調で鈴木がそう言った。

「あんたの心には信義って文字はないの？」と。

その言葉を受けて、なにやら向こうはぐだぐだと言い訳をしているふうだ。それを遮るように、鈴木は珍しくぴしり、と厳しいことを言った。

「俺ね。今度ばかりはさ、本当に裏切られた感じだよ。言い訳聞かないよ。君にはがっかりした。俺ね、今、頭に血が上ってるからサ、ひどいこと言うといけないから電話切るよ」

大声で何か向こうが言いかけるのを無視して、鈴木は一方的に、静かに電話を切った。

もう一度電話が鳴る。

鈴木は静かに電源を切った。

みんな静まり返る。

だって言葉が出ない。

鈴木は珍しく駄洒落も言わない。本当はこんなふうに生真面目な人なのだ、とわかる。

意外なのはとても紳士的だったことだ。だって彼は、相手を罵倒するでもなく、脅したり罵るでもなく、一方的にではあるが、自分の率直な思いを相手に静かに伝えた。

「鈴木さん、格好いいっす」僕は思わずため息交じりに言った。

「怒って喧嘩腰になるのがフツーですよ」

するとようやく鈴木が微かに笑った。

「怒って解決するならいくらでも怒るけどサ。ま、イカリは進む船を停めるもの。静かに胸の底に沈めておくよ」妙に今夜は格好いい。渋い笑顔になってチューハイを口に運ぶ。

「鈴木さん。ジェントルで格好いい！」と安部が叫ぶ。

その時、入り口から慌ただしく入ってきたのは田名網部長だ。

「おう、いたいた。ちょいとした知らせがある」

そうして小上がりに腰掛けると、靴を脱ぎながら時子さんに声をかける。

「生、くれ」

「あいよぉ」時子さんが冷凍庫からジョッキを取り出す。

「ラジトーの新番組、録音だぜ」

一息にビールを喉に流し込んだあと、にやりと笑ってそう言った。

「え？　そうなの⁉」と鈴木。

「22時から0時だろ？　いや、俺もさ、生でやるのは無理だろうとは思ってたんだ。女の子には未成年多いし、お笑いの売れっ子連中にゃ、ラジオの二時間の生なんかやる時間はねえよ。だから芸人十五人も二十人も声かけて数集めてヨ、毎週どうにか割り振ってやりくりする気だと思うぜ」

「あ、そりゃそうだぁ」と内田。

「録音って、じゃあ、ウチとはコンセプトが全然違いますね」と安部。

「そういうこと」田名網はゆっくりとみんなを見回すと空になったジョッキを頭の上に持ち上げた。

「あいよぉ」時子さんが応えている。「でも」と僕は素朴な疑問について尋ねた。「ラジオトーキョーの今までのその時間帯の数字ってどのくらいなんですか?」

「ん? 土曜の夜なんてどこだって1%台だよ。その時間の最高はラジオフジで1・4%、2位がラジトーで1・2%。そのくらいなら調べた」と鈴木。

「じゃ、ラジトーの敵はウチじゃなくてフジじゃないですか?」僕が言うと鈴木はかぶりを振った。

「聴取率の全日ではラジトー、フジに次いで現状は3位だけど、実はこのところ、ウチが2位をうかがう勢いなのよ」

田名網がニヒルな笑いを浮かべてそう答えた。

「眼下の敵の方が気になるものなのよ、人間はね」

「違いますよぉ。少しでも気になるとムキになって仕掛けるタイプなんだよなあ」と鈴木。

「いい勘してるよなあ」内田が言う。

「なあに、人は人、我は我なり、だよ」と田名網。

「うん。そりゃ、そうだけど、ただ、昭和に帰ろうってタイトルがねえ。なんか、こっちの真心まで盗られた気がしてさ、悔しかったのよネ。自分で気に入ってたテーマだったから、つい嬉しくて口が滑っちゃったのネ。ま、負けることの多いライバル相手にさ、自慢したいような気もあったかな？　と思う。すいません」と鈴木が頭を下げる。

「なあに、あいつらがさ、昭和に帰るって言ったってどうせあれさ、〝昔はこうだったんだよ〟〝ええ!?　信じらんなーい〟ってなもんじゃねえの？　肝心なのは昭和の解剖とか解説じゃねえんだよ。冷えてカサカサになりつつある現代にさ、いい意味での昭和の心の温度を思い出させるってことだろ？　鈴木が伝えたいことって、そういうことなんじゃないの？　違うのか？」田名網は顔色一つ変えない。

「ウマイ！　アミさん、その通りなんだよ、さすがだわ。その、僕が昭和に求めるものこそが押しつけない視聴覚教育なのヨ」と鈴木。

「つまりよ、いよいよ、放送作家の力にかかってきたってこったな」

田名網が内田の肩をどん、と叩く。

「いや、なるほど。番組を構成する上でも、僕らにはアミさんの言うようなテーマっていうか、心の芯の部分が一番重要なんですよ」と内田。

「気合い入るね。気分的にこれで仕切り直してエンジンかかりますね」と安部。

「じゃみんなで円陣組む?」と鈴木。

「お、元気出てきたな。けど、降格」

田名網がニコリともせず言った。

「ところで、さっき鈴木さんのケータイが鳴ったときに誰かの顔がディスプレイに映ってませんでした?」と内田。

「あ? 虻田のかい?」

「やっぱりそうかぁ。虻田さんってどんな人なんですか」

「あいよ」鈴木が携帯で写真を呼び出して僕らに見せる。

「あ」僕と内田が一緒に叫んだ。

「ぬらりひょんだ!」

11 恋の行方

「何だよ、寺ちゃんよ、元気ねえなあ」

マスターがビールジョッキを運んできてそう言った。

ようやく自分で番組を持たせてもらうことが決まったばかりだけど、正直なところ、僕自身、自分が何者か全然わからない。

定時のニュースを読みながら、アナウンサーとして僕はまったく未熟だと思う。ではそんな自分に番組が与えられた理由は？　本当に期待通りのことができるのだろうか？と考え始めると、なんだかこう迷路に入ってしまう。

「明日あたり神宮行ってみるか！　すでに最下位決定だけどな」

隔週定休の水曜日、〝ちょい都〟のマスターは昼過ぎまでゆっくり眠って、大体4時過ぎには神宮球場の近くでお茶を飲んでいる。

外苑前の喫茶店だったり、日本青年館の喫茶だったり。

それから夕方4時半頃の開門と同時に球場に入って双方のチームの練習を見るのが好きなのだ。僕はサラリーマンだから平日の4時半に球場に行くのはほぼ無理だけど、大体試合開始前後には行ける。

「明日は広島戦だから、球場だって空き空きだろう？　のんびりゴー・ゴー・スワローズ！　やりに行こうや」

「そう、ですよね。贔屓《ひいき》チームが辛い時にこそ、行くのがファンですもんね。そういう点ではあれですね、悔しいけど他のチームの応援団は偉いですね。ホームの神宮でやっていてもスワローズはいつもアウェー感たっぷりですもんね」

「おうよ。だから行かなきゃなんねえのよ、俺たちがぁ」

「あたしも行こうかしら」

「え？」驚いた。今まで時子さんが一緒に行くなんて言ったことがなかったからだ。

「時子さん、スワローズファンなんですか？」

「あたしタイガース」

「あ、そう……なんですか？」

「何よ、迷惑なの？」

「迷惑……ってこたあ……ないけど……なあ、ヤクルトファンの中に阪神ファンが交ざるってのも、どうなの？」

マスター、腰が引けてる。

「じゃ、一緒にやるわよぉ。ゴー・ゴー・スワローズ。相手広島だし」

「そっか。じゃいいや」

なんだ、あっさりしてるな。

神宮、意外にお客さん入ってた。バレンティンのホームラン効果なんだろうな。日本記録更新目の前だし、もう六十本に届くし。

ビールを飲んで、焼き鳥食べて、焼きそば食べて、ゴー・ゴー・スワローズを叫ぶ。

負けたけど。

＊

「寺ちゃんみたいな人、久しぶりよね」時子さんがワインを一口飲んでからそう言った。

今日は奮発して外谷さん、祢津さんの巣、麴町《こうじまち》のボンソワールに、ちょい都のマスター夫婦を招待することにしたのだ。よくわからないのでワインはお任せにしたらイタリアのバローロが出てきた。

「え？　久しぶりって？」

「そうだなあ」マスターが頷く。

「何が久しぶりなんですか？」

「いや。東亜放送って変人の巣窟《そうくつ》じゃない？」と時子さん。

「え？　やっぱり僕、変人ですかねえ」

「違う違う、そういう意味じゃねえって」とマスター。

「あたしら、今の場所でお店持って以来、ずーっと東亜放送御用達《ごようたし》みたいに贔屓《ひいき》にしてもらってきたでしょ」

「そうみたいですよね、どなたの頃からですか？」

「ああ、そうだな、二十年近く前だから……、うちを東亜の贔屓にしてくれたきっかけは茂木《もぎ》さんだったたな。強力な営業マンだった」

「茂木さんですかぁ。いや……存じ上げないです、僕」

「そうかあ、寺ちゃんはまだ四年目だもんな。すごく気遣いのある好い人、まだ確か、東亜の役員でいる筈だけど」

「そうそう。最近見えないわね。高所恐怖症の茂木さんね」

「ちょうどあれだぁ、ほら……三井さんが……部長になった頃じゃないか？」

「社長が？」

「そうそう、自分で部長昇進記念、とか言って仲間やら部下やら、みんな連れて来て朝まで一緒に騒いだわねえ。あたしらも若かったしね。三井さん、ずーっと変わんない。あの頃から元気良かったわよぉ」

　時子さんがいつもと全く違う表情で笑う。

こういう席でご一緒するのは初めてだけど、時子さん、ぐんと華やいで若く見える。

　ワインが入って、少し頬に赤みがさすと、二人とも饒舌《じょうぜつ》になる。

「昭和の匂いがする人ばっかだろ？　東亜放送ってさ」とマスター。

「それそれ、あたしが言いたかったのは、それよ。寺ちゃんって、若いのに昭和の人だよね」

「昭和生まれですから」

「そういうんじゃないんだよね、寺ちゃんの持つ空気感って言うのか？　醸《かも》し出す雰囲気がね、昭和の匂いなんだよねえ」

「寺ちゃんはさ、……品がいいのよ」

急に時子さんがびっくりすることを言った。

「え！　ぼ、僕がですか？」

「ほら、最近の若い子って、価値観に品がないのヨ」

「そうなんだよ、お前、上手いこと言うなあ」マスターが膝を打ってる。

「価値観に品？……ですか」難しいなあ。

「若い女の子の方が決着つけたがってるわね、すぐに勝ち組だとか負け組だとか。だめだよぉ、まだ先がある若いうちからさぁ」

「おう、そうそう。ったく女の方が、きっぱりしてるんだよな、最近」

「昔からよ、それ」

いい突っ込みだなあ、時子さん。

「でもさあ、勝ち負けでしか、物を測れないって、あたし、品がない気がするのよね」

「白黒つけないカフェ・オーレ、ですか？」

「それそれ、寺ちゃん、そういう突っ込みできる子、いないわよぉ、今」と時子さん。

「男の子は男の子でヨ、自信がないんだか覇気《はき》がないんだか、摑《つか》まえどころのないのっぺらぼうみたいな奴か、逆にさ『天下、とるう！』とか言って、根拠のないバーチャルな自信を無理矢理つっかい棒にしてるような奴ばっか。で、結局……終着点はお金、なんだよな。いちばん偉いのは金持ち」

「昔からよ、それ」

上手いなあ、時子さんの突っ込み。ちゃんと夫婦《めおと》漫才になってる。

「でもさ、どんな手段使った奴でも、お金持ってる人が偉いって価値観は、品がないわよね」

品、かあ。……難しいな。

僕らの世代の「品」と、マスターたち、大人の言う「品」は違うと思う。もしかしたら「品格」って、その人の人間性とか、許容量によって価値が違ってくるものなのかも知れないな、と思う。「品ってなんでしょうか?」ふと大越さんに聞いてみたくなる。「オ×××だあああ」って言うに決まってるけど。

「寺ちゃんは、どんな人と結婚するんだろうなって、この間こいつとそんな話になってよ。どうなんだよ、恋の行方は?」

マスターが不意にそんなことを言った。

「寺ちゃんが選ぶ人を見てみたいねってこの人が言うのよ」

「僕の、ですか?」

「選ぶんだか、選ばれるんだかわかんねえけどな」

「どうなの葛城さんの方は？」

突然の突っ込みに完全にテンパってる。

「どど、どうなのってぇ？？　どど、どういう意味ですかぁぁぁ？」

「やだねこの人、舞い上がっちゃってるわよ」時子さん噴き出す。

「葛城さんって、美人だし、頭良いし、感じもいいし、品もいいからなあ。俺はさ、寺ちゃんにはハードル高いかな？　って心配してんだよな」

「いえ、そそ…そんなぐぐ……具体的な、そのような進展模様はあの…まま全くないという、あの…有様でして……」

「現役アナウンサーとは思えないわねえ、この、しどろもどろ加減」

時子さん大声で笑ってる。

「頑張んなよぉ、寺ちゃん、あんな玉は滅多にいねえ」

「あたしはねえ、うちの人とは違うの。寺ちゃんにはもう一人の子が合うと思う」

え⁉　きっぱりすごいこと言うなあ。

「も、もう一人って？」

「ほら、一緒にいる」

「もしかして、受付の大野さんですか？」

「そうそう、あの子、尽くすタイプ。この前、葛城さんと二人でうちに来てくれたのよ」

「え、そうなんですか？　でも、わかるんですか？」

「大人になるとね、わかるのよね、これがまた」

時子さん、思い切った発言ですよ。

ふうん、大人の目から見れば、大野さんは尽くすタイプなんだ。そう言われてみれば、なるほどそうかも知れないな……と頭の隅っこで思う自分がいる。

でも、やっぱ素敵なんだよな、葛城さんって、声もいいし。確かにお姫様みたいで、僕の手の届かない人のような気がするところもあるけど。

それにしても、マスターや時子さんが僕の未来を気にかけてくれてるってところが嬉しくて鼻の奥がツンとする。

いったいこの素敵なカップルはどういうふうに出会ったのだろう。

ワインがあっという間に空いた。

同じものでは能がない気がして、バローロのあと飲んだ方がいいものはなんですかと店の人に聞いたら、「どっしりしたものと、軽めのものとどちらがお好みですか？」と来た。

バローロがどっちかもわからないのに、と思っていると、時子さんが、

「今度のはあたしがおごるわ。ケンゾーの rindo お願いします」

お、時子さんすごい。通、なのかな？　それって高いのかな？

ちらりと頭をかすめたけど、少し無理して「いえ、今日は僕が」と言った。

「俺は九州長崎の生まれだから、東京の流行が大体十年遅れて伝わってくる世代だったのよ……今思えば中学出て、同郷の先輩の強いつてがあったから、すぐに赤坂の〝きよ田〟なんて名店に入れてもらってさ、追い回しから、驚くほど早く焼き方、煮方と任せられて、あっという間に板場に立たせてもらうようになって……」

マスターは懐かしい目でそんな話をする。

「天才だったんですね」

「世の中に天才なんかいねえって。ま、俺は、先輩には確かに可愛がってもらったけど……一所懸命だったしな」とマスター。

「この人、先輩に好かれるタイプ。わかるでしょ？　お喋りすぎず、黙りすぎない、根が暗いくせに、笑顔で勝負、って人だからね。男はね、先輩に可愛がられるってのは宝物なのよ。だからさ、この人のそういうところが、寺ちゃんによく似てるって、あたしは思ってる」

時子さんにそんなふうに言われると気が遠くなる。

嬉しいけど。

「マスターと時子さんは……」僕は思い切って尋ねた。

「どうして知り合ったんですか？」

一瞬の沈黙。虚をついちゃったかな？　時子さんがマスターを見る。

あ、照れてるんだ。

「職場結婚」ぽつりとマスターが言った。

「へえ、ってことは、同じお店で？」

「きよ田は従業員のしつけには厳しくて、実を言うと職場恋愛禁止だったんだよ」

「へえ？」

「でも、まあ、親父さんが、ちゃーんとわかってて、そっと応援してくれたんだよな。で、こいつがお店を辞めて、そのあとで一緒になった」

「どちらがその……先にアプローチしたんですか？」

「そりゃあ」二人が同時に反応したので驚いた。

すると、すぐに時子さんを遮るようにマスターが言った。

「そりゃあ、俺の方が先に惚れたのよ」

「あら、気味が悪いわね。初めてじゃないの、人にそんなこと言うなんて。あんた……、まさか後ろ暗いことしてないでしょうね」

時子さんがからかうようにそう言った。

「ば、馬鹿なことを言うんじゃねえよ。後ろ暗いって、どういう意味だよぉ」

「あら、妙に突っかかるわね」

時子さんの目が真剣になったぞ。

「馬鹿。くっだらねえ絡み方すんじゃねえ」あれれ？　何だか風向きがヘンだな？　何かあったのかな？　そう思っているとマスターが少し機嫌の悪そうな声で言った。

「今日は寺ちゃんを励ます会だって、おめえが最初にそう言ったんじゃねえか」

「あ、そうそう、確かにね」

時子さんが急に笑顔に戻る。

僕を励ます会、ですか？

「いや、ハッピーさんがさ、ラジトーがどうのこうのって言ってたのを、こいつが気にしてさ」

「BCG48の女の子が語る人生論を聴きたいって大人なんかいないわよ。確かに可愛いけどね」

「そうだぜ。ウチは大人が相手だろ？　確かに相手は可愛いけど」

ウチ⁇　あ、もうマスターは東亜放送の身内なんだ。

何だか嬉しいなあ。

相手が可愛い可愛いって、何だか僕が可愛くないって責められてるみたいな、ビミョーな感じはあるけど。

「どんだけ可愛くてもラジオじゃ見えやしないんだからさ」

「寺ちゃんらしく〝何だかわからないけど一所懸命〟でいいのよ」

「そうそう、どんだけ可愛くなくてもラジオじゃわかんないんだからさ」

「あら、寺ちゃんって案外可愛いわよ」

「知らねえよ」

いいなあ、マスターの突っ込み。こんなふうに二人はいつも会話しているんだな。たくさん話ができるカップルって素敵だな。

二人はいつも一緒なんだ。

それはそれで辛い時もあるだろうけれど、それで安心できるなら、最高だろうな。僕にはそんな人は現れるんだろうか?

ふと葛城さんの笑顔を思う。

それが心の中でふと大野さんに重なる。

もう、時子さんったら。頭痛くなること言わないで。それに、まるで僕が二股かけてるみたいじゃない? 正直、どっちにも相手にされてないっていうのに。

でも、何だかやる気が湧いてきた。二人がこんなに僕のこと、東亜のこと、大切に思ってくれてるんだ。

負けないぞ! ラジトーめ!

12　いきなりの始末書

番組のフォーマットがほぼ決まった。

フォーマット、というとコンピュータなんかでは「初期化」と訳されるけど、僕らの仕事では「構成」という意味だ。

フォーマットは諸刃《もろは》の剣《つるぎ》。

ウチの局出身で今や日本を代表する司会者の一人、まのみんたさんみたいな超人にはかえって邪魔かも知れないけど、安定した番組構成がないと、毎回行き当たりばったりになって僕のような新米は多分右往左往して埒《らち》があかない。

それで毎晩（自腹で）会議を重ねた末に、大体のフォーマットができ上がった。

以下番組フォーマット（仮）

23時00分　オープニングトーク
〝今週そうでしたね〟
その週の出来事や、事件などに触れるフリートークの入り口。

23時2分　〝番組サウンドロゴ〟

「今夜も生だよ　寺ちゃんのサタデーナイト・レター」

即テーマ曲、アート・ガーファンクル〈I Shall Sing〉イン。

挨拶のあと、提供クレジット〈CM〉

23時5分

「お葉書大紹介」第1部
テーマ曲、ナット・キング・コール〈プリテンド＝思わせぶり〉
ゆっくりF《フエード》・O《アウト》
葉書を読む、読む、読む、読む。
田名網の決断で、放送作家の内田と安部がスタジオ内に入って三人でわいわいやることにした。女の声はいらない、ただし、できるだけお互いに丁寧な言葉を使うこと、楽屋オチと下半身のジョーク禁止、それぞれの生活の垢はできるだけ見せない、と鈴木の決断。
M《ミュージック》　1（雰囲気でみんなで決める）
絶対フルコーラス、という縛り。
〈CM〉

23時25分〜40分「三秒笑劇場」

　とにかく面白ければ合格。三秒で笑わせてくれる葉書を読む、読む。

M２（相談で決める）

23時55分「ゆく週くる週」

テーマ曲〈ツァラトゥストラはかく語りき〉

安部と内田で大袈裟なサヨナラ今週、いらっしゃい来週という原稿を書く。

０時の時報のあと「深夜の茶会」

ＢＧＭは週替わりで、Ｄに一任。

リスナーは各自で、僕たちはこちらで用意したお茶で一服しながらよもやま話。提供はほぼ「ほーらお茶」の卯藤園《うとうえん》に決定しそうだ。

M３（その都度決める）

〈ＣＭ〉

０時３分～10分「深夜の句会」

ＢＧＭは落語家の出囃子《でばやし》。

毎週テーマを決めて句を募集。五七五になっていれば季語についてはうるさく言わない。川柳だが、見栄を張ってわざわざ〝句会〟と名乗る。

〈CM〉

0時10分前後から「お葉書大紹介」第2部

テーマ曲、フランク・シナトラ〈ストレンジャーズ・イン・ザ・ナイト〉

途中でゆっくりF・O

葉書を読む、読む、読む。

M4に行く可能性もあり。

0時23分

「ラストレター」

これは大越さんの肝いりのコーナー。

BGMヨーヨー・マ〈白鳥（サン＝サーンス）〉

今日の葉書の中で最も胸に残る葉書を一枚選んでじっくりと読む。

葉書終わりで〝サウンドロゴ〟

テーマ音楽イン。お別れ挨拶。提供クレジット。以上で番組終了。

ああ、なんかドキドキしてきた。

はたして僕なんかに、どれほど大越さんの言う一般市民の持つ「小さな人生の切ない叫び」が伝えられるかわからないけど、いい葉書さえ来てくれたら、いい番組になるかも知れない。

「元々期待されてたわけじゃない、って言うとおまえさんに悪いけどさ」

田名網が空になった焼酎の瓶を頭の上にかざすと、時子さんが、

「あいよぉ」と応えて新しいボトルを持ってきた。蓋を開けながら田名網は表情一つ変えずに、

「なんでみんながこんなにおまえさんに入れ込んでるかわかるか？」

と僕に聞いた。

「入れ込んで？　ですか？」

「確かに。入れ込んでますよね」

脇から安部が相づちを打つ。

「そう、なんですか？」僕が聞き返すと、田名網はひっそり笑った。

「駒井局長といい、鈴木といい、俺といい、社長まで巻き込まれちゃったこの騒ぎの元は何だったか思い出してみな」

「……大越さんですか？」

「だよねえ」みんなが一斉に大きく息を吐き出して笑った。

「大越さん、嬉しいだろうなぁ」

優しげに田名網が呟いた。

「大越さんが⁇ なんで？ どうして嬉しいんですか？」と僕。

「若いおまえさんは知らない話なんだが」

田名網が島美人のオンザロックを口元に運びながら静かに話し始め、懐かしそうな、少し痛そうな顔をした。

「大越さん、昔、深夜放送、担当してた時期があるんだよ」

「え！」僕と、内田と、安部が思わず大声を上げた。

「その話、しちゃいますかぁ」鈴木がグラスを口に運びながら呟いた。

「『フォー・ヤング』の草創期、今は亡き伝説の名ＤＪ・土居まさろうとコンビだった」

「いい番組だったねえ。僕、当時中学生で毎週必ず聴いてた」と鈴木。

「家族や兄弟にはとても向かい合って話せないようなことをみんな一枚の葉書に乗っけて〝心の兄貴〟に送るんだよネ」鈴木は二度読まれたことがある、と自慢げに言って、少し赤くなった。

「まさに深夜放送の黄金期だったよネ。土居さん、正義感が強いから、怒ったり泣いたりの……今思っても……熱い番組だったよネ」それから鈴木は「僕、本当にフォー・ヤングの大ファンだったのヨ」と改めて言った。

「土居さんがフリーになってウチの局を辞めた直後、あの頃ブームの人気お笑い芸人に土居さんからフォー・ヤングをバトンタッチしたのよ」

田名網、遠くを見るような目で言う。

「そいつがつっまんねえヤローでさ。大した芸もないくせに人気を鼻にぶら下げて肩で風切って。カマイタチって呼んでる奴がいたよ」

「カマイタチって何ですか？」僕が聞くと、

「あれ、おまえさん、案外モノ知らねえな。この間やってた『妖怪大事典』に載ってなかったか？　カマイタチ」

「あ、わかりません」

「じゃ、調べろ」田名網が冷たく言う。

「その芸人、下ネタばかりだし。葉書はつっかえつっかえの下手くそで聴いてらんねえし、ほとんど飲み屋でのヨタ話やくだらねえ楽屋オチだらけ。スポンサーの肝いりだったから、大越さんも二カ月は我慢してたんだが、とうとうある晩、切れた」

「切れたんすか？　怖いだろうな、大越さんが本当に切れたら」と内田が目を丸くしている。

「今ふうに言えばマジギレだったね」

　田名網は噴き出してしばらく一人で笑うと、

「いやすごかったんだよ」と言った。

「副調にいた大越さんがいきなりスタジオに怒鳴り込んだんだよ」

「え⁉　ディレクターが……ど、怒鳴り込んだ……んすか？」

「生放送中にさ、『てめえこの、腐れチ×ポ野郎、くっだらねえ話ばかりしやがって、ダレがてめえのセンズリ見せられて喜ぶと思っていやがるんでえ！　電波をなんだと思ってやがる！　とっとと家に帰って、てめえの糞でも喰らえ！　この三流チ×コヤロー‼』って、オンエアの最中に怒鳴って……すぐに〝ボカッ〟って……鈍いけど痛そうな音がしたのよ」

僕と内田と安部は、少し青ざめる。

「そ、それ、オンエア中にですか？」

僕の声が掠《かす》れる。

「そうだよ。ぜーんぶ流れたんだ。だって生放送よ。今だったら暴行事件とかでえらい騒ぎになるぜ」

「田名網さん、現場にいたんですか？」内田が聞くと田名網は笑って首を振った。

「まだ大学四年生。東亜の内定もらってたけどね。家で生で聴いてたのよ」

「僕も中学生だったけど聴いてた。アレはすごかったね。伝説になった」

鈴木まで遠くを見るようなうっとりとした顔をする。

「すいません」と内田が小声で言った。

「あの、その日、そのあと、番組はどうなったんすか？」

「音楽番組になった」

「へ？」

「しばらく言い争ってたけど、お笑い芸人は怒って帰るだろ？　しょうがないから大越さん、あの声でさ、副調整室から無愛想極まるＤＪだよ。『ええ、次はセルジオ・メンデスとブラジル、マシュケナダだ。え、次はナナ・ムスクーリ、伝説の島だ』って……次はなんとかだ！　って怒りながら、ずーっと曲の羅列だった」

「痛快だな」と安部が呟いた。

「痛快だろ」と田名網。

「それ以来、大越さんは深夜放送から一切身を引いた」

僕はその晩まんじりともできなかった。大越さんの深夜放送への熱い熱い想いの根っこが、僕の胸に染みるようにのしかかってきたからだ。

＊

あっという間にその日が来て、オンエアまで三十分。いよいよ三カ月以上、悩みに悩み、楽しみに楽しんだ僕らの番組が始まるのだ。

今日は第１スタジオからの生放送。

「準備はいいか」と田名網部長が聞いた。

「小牧姐とか、古田先輩が呼びかけてくださったお陰でしょうか、個人的には面白い葉書が来てると思います」と答えた。

「君が面白いと思うことをやればいいんだよ」と鈴木。

どれほど努力をしようとも、結果こそがすべてという世界だ。僕らがどれほど心を砕き手を尽くしたところで、本当に良いモノは遥か遠き高みにある。ただ、聴取率など、どうでもいい、という心境になっているのが不思議だった。

内田も安部も心なしか緊張して見えるが、案外元気だ。

「あ、あ、本日は晴天なり」1スタの机の前に葉書を並べマイクに思わずそう呟くと、田名網が噴き出している。

「おまえさん、緊張してる?」

「してます」

「だよね。ホラ、そんな君に援軍だよ」

田名網がニヤニヤ笑う。

あ、小百合さん!!

「頑張ってくださいね!」

副調整室との間の扉を開けて入って来たのは、なんと! 我がミス東亜放送の葛城小百合さんとミス受付嬢、大野東子さん。二人揃って突然僕を激励に来てくれたのだ。しかも花束まで持って!!　こんな深夜なのに。

「あ、ありがとうございます」と言うのが精一杯だった。

何しろ僕は今夜読むつもりの葉書の順番やら、下読みやらで目が回っているのだ。有り難かった。

小百合さんの花束は真っ赤な薔薇だ。東子さんのはオレンジのスプレーの薔薇。ああ、もう、このまま家に帰りたい。

ふと見るとスタジオの隅に〝祝・スタート！　居酒屋ちょい都〟の花まで来てる。それもパチンコ屋の開店祝いに使う大きな造花のわざとらしい花。

「おう！　寺島、ガンバレよ。おめえ、取り敢えず、期待の星だからな」

あ！　しゃ、社長！　そうか。小百合さんや東子さんは社長の気遣いなのか。嬉しいようながっかりするような。

ああ、今は葉書を整理する時間が欲しいのに、なぜこんな時にこんなにすごい人が集まって来るのだろう。ぞろぞろと大川や神蔵、青山、若手Dの吉住、局長の駒井まで揃って副調整室に並んでにこにこ笑っている。

え⁉　そんなに期待されてるの？

僕の心臓が急に早鐘を打ち始めた。

副調とスタジオとの会話はトークバックと呼ぶ直通マイクでつながっているのだけど、

そのトークバックのスイッチを押しながら、

「なんだかさ、副調の人口密度高くて終電みたいヨ」と鈴木が笑ってる。

「はい、そろそろだよ」と田名網。

あ、もう一分前だ。

最初の話題は新番組のご挨拶。僕の心臓が口から出てきて、へその上のあたりで硬直している感じ。

「よーい」田名網の声が聞こえる。

「スタート！」

「みなさんこんばんは。いよいよ始まりました、この寺ちゃんのサタデーナイト・レター……」意外に噛まずにすんなりとスタートしたかに見えた。そこへガッタンがちゃがちゃと大きな音を立てながら、真横の扉から1スタに乱入してきた人がある。

「あ！　大越さん!!」

「おう、鯛焼き買ってきてやったからよ。初日おめでとう！　張り切ってやれよ」

何てことを!!!

「乗っちゃった。電波に乗っちゃった」内田が青い顔をした。

「あっちゃあ」安部が頭を抱えた。

「大越さん駄目！」僕は思わず絶叫した。

「それ、言っちゃ駄目!!!」

「みずくせぇことぉ言うなよ」このオ×××ヤローと言いかけた大越さん、やっと副調整室にたくさんの人がいることとか、僕の手元の時計とかに気づいたようだ。

「ありゃ？　もう始まってますってば!!

始まってんのか？」

副調整室で大爆笑が起こってる。いや、笑ってる場合じゃないでしょ。

「大越さん、静かにこちらにおいでください」鈴木が噴き出しながら、わざわざスピーカーを使ってトークバックする。

当然それも電波に乗っている。大越さんが副調への扉を開けた瞬間、

「始末書ね、田名網。ハイ降格」社長の大声が漏れて爆笑が聞こえる。

大越さんが向こうでみんなに『わかば』の鯛焼きを配っている。

ああ……。

13　寝るな！

大越さんの乱入で僕の番組は最初からエライことになってる。

だって大越さんがスタジオに飛び込んできて、堂々とあの禁止単語を大声で叫ぼうと

したのだから。

「東亜放送名物プロデューサー大越さんの、思いがけない雄叫びから始まりました（爆笑）東亜放送の新番組、今夜も生だよ、寺ちゃんのサタデーナイト・レター！　番組テーマ曲は、アート・ガーファンクル〈I Shall Sing〉。この番組はO－CANの提供でお送りします」とアナウンサーらしくコール。副調整室はみんな爆笑しているが、僕だけはそれどころじゃなく、途方に暮れている。

　鈴木から再びのキューで、スタジオに戻る。音楽低くなる。

「なんか、番組上、まずいことになっていません？」僕が素になって言うと、

「いきなり始末書ですねえ」安部がボソッと答える。

「いいんでしょうかこんなことで」僕が尋ねると内田が答える。

「いいんです。これが東亜放送です」

「やめなさいってば」と安部。

「なーんだ、それでいいなら行っちゃいましょうか。午前0時半までの生放送！　どうぞ最後までごゆっくりお付き合いください」


〈CM1分〉

「良かったんじゃないの、かえって開き直れて」とCM中に内田が囁いた。

「かも知れないっすね。一遍に緊張感、どっか行っちゃいました」

そこへ、ふいに副調整室からトークバックで社長の三井の声。

「ｙｏｕ！　ラッキーだぜ」どうやら堀尾の真似らしい。

「今夜大越さんの暴走聴いてた奴、一生モンだぜ。寺島、お前さん持ってるよ。でも、田名網、ハイ始末書！」

「はい五秒前だよ、お葉書大紹介、音楽から出まーす」と今度は鈴木。


ナット・キング・コール〈プリテンド〉イン。再び鈴木のトークバック

「では気持ちを切り替えて参りましょう、はい、キュー」

「最初のお葉書です、亀戸《かめいど》天神の亀さん三十六歳のお葉書。『先日友人が引っ越したというので引っ越し祝いを持って遊びに行った時のことです。友人の新居は東武伊勢崎線の東向島《ひがしむこうじま》なので亀戸から東武亀戸線に乗ったら突然車内アナウンスが響きました。〈ええ、次はオムライス、オムライス〉私はいったい何をどう聞き間違えたのだろうと興味深く次の駅を待っていました。その駅はオムライス駅ではなく〈小村井《おむらい》駅〉でした』」

「なるほど、『小村井っす』なわけね。面白いなあ」内田が爆笑する。

「オムライス駅、行ってみたくないっすか？」僕が言うと、

「ホイコーローとかね。そういう聞き間違い、案外ありそうすね」と内田。

「京成線に、もみもみって駅がありますね」と安部。

「実籾《みもみ》駅ですよ」と内田がすかさず突っ込みながら僕に葉書へと合図。

「次のお葉書、最近放置自転車多くないですか？　と仰るのは越谷《こしがや》市のワキバラさん」

「多いですね、放置自転車」と安部。

「新聞がもっと怒らなくちゃ、ホーチ新聞！」スピーカー・トークバックでやっと鈴木の駄洒落が出た。今日初駄洒落。

「『ある朝、駅前を通りがかると歩道に自転車が並んで歩道上の点字ブロックを塞《ふさ》いでいます。目の不自由な人が手前の自転車にぶつかったきり、途方に暮れていました。私は急いで自転車をどかそうとしたのですが、その時向こうから強面《こわもて》のヤンキーの金髪ジャージ姿の若者がやってきたかと思うと、立ちすくんでいるその人に何やら声をかけ、さっさと手を引いて駅の入り口まで案内しました。そしてすぐに私の近くへ戻ってきて、ごちゃごちゃになっている自転車を一緒に整頓してくれ、あっという間に去っていきました。やるじゃん、若いの。私は思わず彼の背中に頭を下げました』」

「ワキバラさんも偉いね」と内田。

「金髪、颯爽としてるね」と安部。

「ドイツみたいに自転車も免許制にしちゃえばいいのにね」僕が言うと内田がへえ？と言った。

「ドイツって免許制なんですか？」

「仲の良い、ある心臓外科医に聞きましたら、ドイツの一部自治体では免許がないと自転車に乗れないそうですよ」と僕。

「心臓外科医と仲良しなんですか」安部が妙なところへ食いつく。

「葉書いきましょう」と内田。

「はい、次のお葉書」

などとやるうちに、あっという間に最初の曲（選曲テーマは昭和に流行った恋歌）カウシルズ「雨に消えた初恋」が流れる。このあと〈CM2分〉。あっという間に二十五分が経過。

カウシルズが流れる中、副調整室からスタジオへ出てきた田名網が真面目な顔で言う。

「おまえさん案外向いてるぜ。ガラスの向こうでみんな葉書読みウマイって感心してる。小牧雅子からも電話があった。褒めてたよ」

僕は無我夢中なので全く何が何だかわからない。

ただ、葉書の力はすごいな、と思う。

葉書を読むごとに、会ったこともない書き手と友だちになるような錯覚さえ覚える。

確かに僕らの世代には思いも寄らない温度のあるコミュニケーション・ツールかも知れない。

「次は三秒笑劇場！　CM明けすぐに行くよ。BGMなしだよ」鈴木が妙にてきぱきしている。

「ハイ、キュー」

「このコーナーはあっという間に笑わせていただこうという三秒笑劇場。なお我が東亜放送ではこのコーナーのスポンサーを募集中です。まだ決まっておりません。勇気のある企業のご参加を期待しております。では最初のお葉書。最初の作品です。三秒笑劇場！　横浜の大ちゃんからのお葉書。『カレー風味の清涼飲料水、新発売！　うん、この香り』」

安部が飲みかけた水を噴き出す。

「やな香りですねえ」と内田。

「僕は飲みません」と安部。

「第一、それ一本いくら?」と内田。

「あい、はぶ、飲ーまねー」スピーカー・トークバックで鈴木が割り込む。当然電波に乗ってる。

ガラスの向こうでみんなが弾けて笑っている声も電波に乗ってる。

「そっちで笑ってるなら、皆さんいっそ、こっちに来たらどうですか」内田がガラスの向こうにそう言うと、

「なるほど、それもそうだ」と、いきなりドアを開けて社長の三井を先頭に神蔵も青山も吉住も小百合さんや大野東子さんまで一緒にどやどやとスタジオに入ってきた。CMの時にお願いしますよ、もう。

「おおい。みんなこっち座れ。あ、大越さんはスタジオ来ないでね」

社長の声、電波に乗ってますって。

「ただ今の声は弊社社長の三井でございます」仕方がないので、僕が恭《うやうや》しくそう言うと、社長ったらマイクの近くまでわざわざやってきて、

「東亜放送社長の三井でございます。これから毎週土曜日午後11時からは、今夜も生だよ寺ちゃんのサタデーナイト・レター、どうぞよろしくお引き立てのほどをお願い申し上げます」格好よくそう言ったかと思うとスタジオの椅子に座る。

「なんか、スタジオが公開番組みたいになってきましたね」と安部。

「後悔しないように！」

いきなりトークバックで鈴木が叫んでいる。

「何だかやかましいですね、ディレクターのハッピー鈴木」と内田。

「うるせーぞお、鈴木」社長が笑いながら叫んでいる。

「ああ、もう番組やらせてください！　続いての作品。栃木県上三川町《かみのかわ》の夕顔農家さんの作品。『夏が最盛期のかんぴょう作り、秋口にはみんなくたびれてます。かんぴょう疲れ』。こらこら、本当に看病で疲れてる方が怒っちゃいますよ」

「六秒ほどかかりましたね」と内田。

「一応三秒近辺でお願いします」

「次は石川県の金沢市にお住まいの水野《みずの》健太《けんた》さんの作品」

「金沢の人が葉書をくださったんですか？　東京単ですよ、番組」

安部が目を丸くする。

「どこでこの番組をお知りになったのか、知りたいですね。機会があればお知らせください」と内田。

「いきますよ、『能登Ｍｙビジネス』」

「英語ですか？　ウマイね」と安部。

「輪島塗関係？」と内田。

「拡げますか？　このネタ」と安部。

「もういいでしょう」と内田。

「水戸黄門か、あんた」と安部。

みんな、乗ってきちゃったぞ。

「江東区《こうとう》にお住まいの石井《いしい》某《ぼう》さんの作品。『ホテルの製氷機を壊してしまいました。どうもアイスマシーン』」

「くだらないけど面白い」と安部。

「どうでもいいけど面白いね、みんな。これ、ガチの葉書ばかりだろ。ひょっとしてこのコーナー、スポンサーつくかもな」

僕の背中の方で社長が呟いてるのが聞こえる。

「そうです。全部いただいたお葉書でーす、作ったものはありませーん」内田が社長に解説してる。

生放送中だって！　みんな何で自由にトークしてるの！　僕だけ焦ってる。ああ、あっという間に時間が過ぎてしまう。もう45分だ。

本日のM2〈ロネッツ・Be My Baby〉
〈CM3〉
23時55分　ゆく週くる週。テーマ曲〈ツァラトゥストラはかく語りき〉静かにイン
「なあ『ツァラトゥストラはかく語りき』ってニーチェの作品だけどさ、ツァラトゥストラってのは拝火教の開祖、ゾロアスターのドイツ語読みなんだ。奈良県知事の受け売

りだけどよ」三井社長が僕の背中で小百合さんに解説している。

へえ、そうなんだ、心の中で僕も驚く。

「そうなんですか?」小百合さん、いい声だなあ。

「ニーチェの言う超人がゾロアスターを指すかどうかは意見の分かれるところなんだけどよ、ゾロアスターの善悪二元論が……」社長の話を聞いている場合じゃないんだよな。

僕はキューを待って重厚に厳かに内田の書いた原稿を読む。

「光陰矢のごとし。あっという間に時は過ぎてゆきます。今週あなたは誰と出会いましたか?

そして誰と別れたのでしょうか。

今週あなたは何を得ましたか?

そして何を失いましたか?

私たちの小さな人生の喜びも悲しみもすべて呑み込んで、今週はあと、少しで、遥か彼方の、永遠の過去へと去っていきます。

しかし、私たちの人生は間もなく希望に満ちた来週へと引き継がれてゆくのです。身の回りに起きた嫌なことのすべてを呑み込んで去って行く今週に感謝を。

そしてこの小さな人生を託す未来に希望を。ありがとう。

さようなら今週！　そしていらっしゃい来週！

さ、来たるべき未来へ向かって、私たちは胸を張ろうではありませんか。まもなく今週が終わります。一緒に明るく元気な来週を迎えましょう。時刻は午前0時になります」


〈時報〉

0時00分　深夜の茶会　コーナー提供は卯藤園

〈CM30秒〉


「さてこのコーナーは深夜をさらにふくよかな時間にするための時間です。ラジオの前のあなたは自分勝手に好きなものを、僕たちは毎週美味しいお茶をいただきながら四方《よも》山《やま》話に花を咲かせようというコーナーでございます。さて、今夜私どもがご紹介するお茶は卯藤園の凍頂烏龍茶《とうちょうウーロンちゃ》」

「ああ、いいですね、品の良いさっぱりとした香りですね」と内田。

「台湾を代表する青茶《あおちゃ》・烏龍茶ですね」と安部。

三人でここまでの反省などしながらあっという間に一服休憩が終わる。

音楽「野崎」黒門町の文楽の出噺子が鳴る。

タイトルコール　深夜の句会
「の予定でしたが、葉書がほぼ来てないので今週はお休みです。五七五になっていれば何でもかまいません。せっかくですので来週からのテーマだけ決めておきます。秋ですね、紅葉、行楽で五七五お寄せくださいませ！」

「何だよ！」内田が怒る振り。

「書いてくださいよぉ」と安部。

ついでにコーナーのスポンサー募集。

それからお葉書を読んで読んで読んで、あっという間にとうとうラストレターのコーナーになる。

この日、僕が最も印象に残った葉書を選んである。この番組を始める元々のきっかけでもあり、深夜放送にあれほど思い入れのある大越さんのために心を込めて読むつもり。

BGM　ヨーヨー・マ〈白鳥（サン＝サーンス）〉

「今週のラストレターです。今週は江戸川区の鈴木《すずき》美枝《みえ》さん三十五歳からのラストレターです。実は往復葉書を使ってお葉書二枚にわたってお書きくださったエピソードです。

『父が突然に心筋梗塞で倒れ、そのまま一言も発せずに亡くなったのは三年前の春でした。大のパパっ子だった私はその後、少し精神のバランスをくずしてしまいました。日常生活は普通のようでも、独りになればただただほろほろと泣くばかりで、少しも前を向くことができません。

母と暮らしているにもかかわらず、鬱《うつ》のようになっていたのです。何も楽しめず、何も感じない毎日が続きます。

父の遺品整理をする気力もないままに夏も過ぎ、すっかり秋になったある朝、初めて父が夢に出てきてくれたのです。

心のどこかで〈これは夢だ〉とわかるような、そんな夢でした。それで、どこかへ帰るという父の腕を抱き留め、お願いだから私も連れていって欲しいと泣きながら頼んだのです。

すると父は私の頭を撫でながら、

〈お父さんの机の中にプレゼントがあるからね〉と言ってくれたところで目が覚めました。

私はその日、それまで扉も開けられなかった父の書斎へ初めて入り、思い切って父の机の引き出しを開けました。

すると一通の手紙が出てきました。

表書きに父らしい筆遣いで、〈今は辛くとも必ず笑える〉と書いてありました。いつもそうだったように、私への激励の言葉を添えた誕生祝いの手紙でした。十月生まれの私のために、父は亡くなるずっと以前にすでにこれを用意してくれていたのだと気づき、涙が止まりませんでした。鬱々と過ごす私を父は叱るのではなく、優しく諭《さと》してくれたのでしょう。私はこの日以来元気になることにしました。そうでなければ父に申し訳ないと思ったからです。以来私は、いつか歳を取ったら父のような老人になろうと心に誓い、毎日を大切に過ごしています。キンモクセイの香りと共に必ず思い出す、愛しい父の思い出です』」

僕は読みながらほろほろと涙が出て困った。

内田も赤い目をして頷いている。

初めてのラストレターだ。

大越さんに僕の思いは伝わっただろうか、どんな思いで聴いてくれたろうか、と、ふと見ると大越さんは副調整室で口を開けて寝ていた。

「コラ――‼ 寝るな――‼」僕は思わず叫んでいた。

14　反省風ゲリラ

ライバル局、ラジトーの「昭和に帰ろう」の評判は気にはなるけど、まずはサタデーナイト・レター第一回放送を終えた。

僕には赤西家吉べゑの帯番組「ラジオまっぴるま」で、月曜から木曜まで〃不可思議実験報告〃というレギュラー・コーナーがあるから月曜日は当然出社だ。

「割合面白かったぜ、ｙｏｕ！」堀尾が僕の顔を見るなり右手の親指を立ててウィンクした。

「確かに鈴木の言う通り、昭和の面影がちゃんと立ってたぜｙｏｕ！　おいらは案外いいセンだと思うぜ。どうせよホラ、ラジトーはガキがターゲットだろ？　ウチは昭和のおっさんおばさん専門でゴーだぜ」堀尾は大声でそう言って笑った。

「そういう棲み分けっていう考え方もありますか」

内田が少し口をとがらせて頷く。

なるほどな、とも思うけど、僕の心のどこかがビミョーに傷つく。

「さて、今回の君の使命だが……」

僕が一瞬寂しそうな顔をしたのを見て急に咳払いした堀尾は、スパイ大作戦みたいな声色《こわいろ》になった。

「今週はヨ、わかってんだろ？　聴取率調査週間だ。だからヨ、聴取者に、あからさまなサービスしちゃうぜぇ」

へえ？　聴取率調査？　あ！　確かに前に聞いた。偶数月第二週は聴取率だ、って。それで思わずあっと声を上げそうになった。ってことは今週末の僕の番組もはっきり数字が出るってこと？

「聞いてるかボクちゃんヨ。それでほれ、ここに千円のクオカードがある。見ろ、五十枚だ。全部でいくらだ？」

「ご、五万円です」

「正解！　な？　俺のやる気わかるだろ？　で、君の使命だが、新宿通り沿いのお宅でもお店でもいいから、アポなしで訪ねるんだよ。ほんでよ、ウチの番組聴いてくれてるとこには黙って一枚置いてくる」

「あ、あげちゃうだけなんですか？」

「そうよ。太っ腹だろ？」

「あの……他局を聴いてたらどうするんですか？」

「ジャンケンしてお前が勝ったら、ダイヤルをウチに回してもらう、負けたらこのクオカードを取られる」

「じゃ、僕、責任重大じゃないっすか？」

「談合ありっすか？」脇から内田。

「おう、よく気づいたなｙｏｕ。当然頼んで素直にウチの局に替えて聴いてくれたら、そのまま勝負などしないでクオカード置いてくる」

「あ、なーる……」

「つまりお前さんの力でどこまで新規リスナーを増やせるかどうかって話だよ。俺の言ってることがわかるか？」

「それじゃ、千円で買収？」

「ｙｏｕよ、頭悪いなあ。そろそろ俺がどういうヒトかわかってくれよなｙｏｕ！　それだけじゃ、面白くねえだろがぁ、タコ！」

きょとんとする僕と内田に堀尾が言った。

「ウチの局に替えますって約束したところをよ、しばらく経って抜き打ち検査するのよ。まだ聴いてるかどうか。その確率調査よ」

面白いけど人の悪い調査だな。

結局、僕はその日十軒歩いた。

十軒中他局を聴いていたのは五軒で、どこも気持ちよくウチに切り替えてくれた。

でも、ここからが調査なのだ。

「あ、ここですここです。先ほどラジトー聴いていたけど、クオカードで東亜放送に替えてくれた定食屋さんです。こんにちは！」

先ほど訪ねた定食屋にいきなり乱入すると、人の好さそうなご主人がしどろもどろになって何か言ってる。「あ！　ラジトーに戻しましたね⁉」

僕が喪黒福造《もぐろふくぞう》みたいな声色で呼びかけると、

「ごめんごめん、さっきこの局でやってたクイズの答えだけ知りたくてさ、イヤイヤイヤ、何だよ人が悪いよぉ。すぐ替えるからね」

そんなふうに言われるとこちらも申し訳ない。ホントに人の悪い調査なんだから。僕だって嫌なんですから。

「いや、いいんですいいんです。これ、単なる人の悪い調査なんですから。どうぞそのままラジトーをお楽しみくださいませ」

慌てて外へ出て大きく深呼吸をする。

結局、裏切った格好になったのはこの定食屋さんだけで、あとの四軒は、そのまま東亜放送を聴いてくれていた。

つまり、成功率八〇パーセントって訳だった。

「ｙｏｕ！　もっと突っ込んじゃえばいいんだよ。チキショーあの定食屋の親父、ああ、俺、もう絶対行かねーぞ」堀尾マジで怒ってる。

「え？　行ったことある店ですか？」

「ねえよ」

なんだよ。急に疲れが出る。

デスクに戻ると、向かいの席で大越さんがものすごい勢いで僕を睨んでる。大越さんに怒られる理由はないと思うんだけど。むしろ文句言いたいのは僕の方だ。記念すべき第一回放送の、どアタマでスタジオに乱入するなり、あの下品単語を生放送に乗せそうになったんだから。

「お、ボウズ。こっち来いオ×××ヤロー」と言う。

顔デカイ。

眉も目も文楽の人形くらいデカイ。

そっと息を吐き、机をぐるりと廻って大越さんの席まで行く。

「はい。何でしょうか」

「あれでいい」

「は？　何がでしょうか？」

「さっきの定食屋だ。ボウズの反応が良かった。あれは意地の悪い企画だ。ボウズのあのフォローでヨ、きっとあの定食屋、ウチの放送聴くようになる。あれでいい。わかったな」

え？　褒められてるのかな？

「そ、そういうもんなんですか？」

「だから！　あれでいいっつってんだろが！　このオ×××ヤロー!!」

ああ、遠くで聞いてる人はこの禁止単語の雄叫びしか聞こえないから、また僕が小言言われてると思うだろうなあ。間違っても褒められたなんて誰も信じないな。

「おいっ！」大越さんがまだ僕を睨んでる。

「あれもあれで良い」

「は？」

「ボウズが始めた、今夜もアレでラストレターだよ!!　このオ×××ヤロー」

大越さん、僕の番組のタイトル……いい加減過ぎます。今夜もアレって……。僕は、ハイ、と応えるしかなかったけど。

それにしてもサタデーナイト・レター第一回終了後は大変だった。

終わったのが0時半。僕はもう本当のことを言えばへとへとだったのだけれど、みんなは完全覚醒していて今から大反省会のために〝ちょい都〟へ繰り出すという。

お花をいただいたお礼もあるし、反省会となれば僕も当然同行だ。

社長はさすがにご帰宅。葛城小百合さんと大野東子さんは社長車で送ってもらうというので局の玄関でお見送りをし、そのまま残った連中でワイワイと、ちょい都へ大行進。

局長の駒井、それから担当の田名網、鈴木に加えて大川、神蔵、青山、吉住という制作部の面々に営業の祢津、外谷、それから放送作家の内田、安部、そして僕。技術の玉《たま》井《い》さん、大越さんも当然ご一緒だ。

どうしてこうもたくさん集まるようなことになっちゃったんだろう。

一人だけ、途中で寝ちゃったので僕に悪いとかで大越さん、珍しく申し訳なさそうに小さくなってる。

あれほど僕にラストレターの重要性を説きながら、僕が精魂込めてその葉書を読んだ時に当の大越さんが寝ていたのにはさすがに膝が抜けて思わず知らず「コラ――!!寝るな――!!」と叫んでしまい、オンエアに乗っちゃったという、がっくりくるハプニングがあった。恥ずかしかったけど、生放送とはそういうもの。

「テラ、おめえらはこっちだよ。おい、内田、安部」駒井局長が差配している。

「寺ちゃんにお祝いの酒を用意してあるんだよね。新番組開始おめでとう!」マスターが一升瓶を下げてふらふらとこちらへやってくる。

なんとまあ、黒龍酒造の名酒しずくの一升瓶ではないかいな。

思わず喉が鳴る、ああ、そういえば喉渇いてるぞ。

「じゃあ、マスターのおごりの名酒で反省会始めるか」

駒井の一声にみんな、ヒャッホー、とか言いながらぐい飲みを取る。

「俺はさ、制作会議の時にテラが引きつった顔で俺んとこへ来てよ、視聴覚教育がどうの小さな人生がどうのと言い始めた時は頭が変になったと思ったんだよ。いやホント」

駒井がそう言った。

そりゃそうだな、と今さら冷や汗が出る。

「あとでよく聞けば大越さんの弟子だってえからよ」

大越さんの弟子? ぼ、僕が⁇

「なるほどなと思ったよ。で、今日そのテラのデビューを迎えた訳だが」そう言うといく度か瞬きしながら言葉を探し、吐き出すように言った。

「テラ、意外に面白かったぜ。まあまあ、よくやったんじゃねえか?」

おおーとみんなが拍手をした。

大越さんと目が合った。

大越さんは赤い目をいく度もしばたたかせていたが、僕の目を見て何も言わずに口をとがらせて大きく頷いただけだった。

「かんぱーい」

「かんぱーい」みんながホッとした顔になる。

「あ、旨い酒だね。品の良い吟醸香がたまらんね」と祢津。

「寺ちゃん、マジ面白かったよ」マスターがそう言ってくれる。

「そうよぉ。なっつかしかった。あれね、昔のフォー・ヤングがさ、それもちょっと進化して帰ってきたって感じ？」時子さんはフォー・ヤングのメロンちゃんこと下落合恵《しもおちあいめぐみ》さんの大ファンだったそうな。

「俺もよ、実は同じ思いで聴いていたのヨ」と大川の金ちゃんが甲高《かんだか》い声で同意している。

「あのさ、サタデーナイトどうたらなんてよくわかんないタイトルやめて、いっそフォー・ヤング復活って方がキャッチーだったんじゃない？」

神蔵が色白の顔を紅潮させてそんなことを言う。

若手Ｄのホープ吉住が口を開いた。

「今の子たちには今日の番組新鮮だったと思いますよ。僕の直感っすけど、これ、来る気がしますね。マジ、いっそフォー・ヤング復活って方がわかりやすかったかな、とも思います」

「バカヤロ、好き勝手言いやがって、どんだけ苦労してタイトル考えたと思ってんだ。ま、でも確かに復活！　フォー・ヤングでよかったかもな」

田名網が苦笑いをしながら言った。

「わかった」と駒井が言葉を継いだ。

「春まで様子を見てヨ、万一盛り上がるようなことがあったら、フォー・ヤング復活祭でもやるかい」

ええ⁉と一同が唸った。

遠くの、遠くの山が少し動いた気がしたのは僕だけだろうか。

大越さんの想いが届いたのだろうか。

耳元で鈴木が囁いた。

「おめでとう。お疲れさま。僕はネ、すごく良かったと思う」

そっと手を差し伸べてくれる。

僕は強く握り返した。

田名網がにやにや笑いながら、

「おい、夢の初期化、第一歩だな」と言った。

内田、安部の二人は生出演に相当気疲れした様子で、ぐったりとしてはいるが目は活き活きしている。

大越さんが急に立ち上がって、

「俺は……」と大声で言った。

みんなが一斉に押し黙って息を呑む。

数秒の間があった。

大越さんは頭を下げて、

「俺は……オ×××ヤローだった……」

真面目な顔でそう言う。

え？　それ？　謝罪？　寝ちゃったから？

「反省会だったたっけね。大越さんだけじゃん、ちゃんと反省してるヒト」田名網がくっくっと笑いながら言った。

「あとはみんな反省風ゲリラ」と鈴木。

「政府軍一人もいないのか」と駒井。

「アウト軍が大越さんです」と鈴木。

「ありゃ自爆かな？」と田名網。

「いえ、暴発です」と鈴木。

一同大笑いをするが大越さん一人、真面目な顔でぐっと鈴木を睨んでいる。大越さん、洒落苦手なんだよな。

「やだなあ、大越さん洒落ですって。怖い顔しないでくださいよぉ」

「生まれつきこんな顔だ」と大越さんは、にこりともせずに応えた。

こんなふうに、大して反省しない反省会は結局午前4時半過ぎまで続いたのだった。

その日の朝、といっても昨日の昼過ぎだけど、僕は居酒屋ちょい都のおかみさん、時子さんからの電話で目が覚めた。

「寺ちゃんごめんね。まだ寝てたんじゃない？」

「いえいえ大丈夫です。忘れ物でもありましたか？」

「あのさ、名刺入れ。どうも他の人のばかりで自分のは入ってないのよ。誰のかしら？　今日はウチ、定休だからね、明日にでも届けにいくからさ、誰のだか、聞いといてね」

「あ、ハイわかりました。わざわざ持ってきていただかなくても取りにいきますよ」

「大丈夫よォ。ついでだし」

どことなく元気がなかったのが気にはなっていたのだが、今日の昼過ぎ、その時子さんがわざわざ局までやってきてくれたので二人で地下の喫茶で一緒にお茶を飲んだ。

「ねえ」と時子さんがため息交じりに恐る恐る、といった感じで言う。

「ウチの人がね、八月くらいからさ、毎週月曜になるとね、仕込みが終わったあと、何だか……いそいそと……どこかに出かけてくのよね」

「はあ？　……いそいそと、ね？」

「あの人に限ってまさか女に会いにいく訳じゃなさそうなんだけどさぁ」

「毎週月曜に……決まって女の人に会いにいくってのも妙ですねえ」

「あら、わかんないわよ。いいとこ床屋の縁の下って言うじゃない？」

「はあ？　月曜日定休の女、ですか」

「ねえ」と、ふと時子さんが言った。

「寺ちゃん一度ウチの人に率直に聞いてみてくんないかしら？」

飲みかけたコーヒーを噴き出しそうになって顔を上げると、時子さんは真顔だった。

15　なんかくさい

聴取率調査週間となると、他局も何やらあからさまだ。現金のプレゼントやらディナー招待やら、旅行券から航空券まで、ちゃんと聴いている証《あかし》のキイワードと共に応募させる。今やファクス、メール、ツイッター、何からでも応募ＯＫだ。

我が「ラジオまっぴるま」も負けじと千円から一万円までのクオカードを用意して、キャスターの赤西家吉べゑの出すやさしいクイズの正解者に抽選でどんどん配る。

なあんだ、とため息が出る。

僕がお店を訪ねてウチの局聴いてくだささい、とやった月曜のクオカード千円なんて騒ぐほどのものじゃないじゃない？

もっとも駒井局長の「押し売りみたいで印象が悪いから店を訪ねるのは止めろ」という指示で、今週は急遽《きゆうきよ》、僕のジャンケン勝率調査に変わった。新宿通りを歩く人の中で、ジャンケンの弱そうな顔をした人を見つけて僕が勝負をする。結果40戦21勝19敗の5割2分5厘、それでも今年のヤクルトよりはうんと上だった。悲しいような嬉しいような。

「you! 博打《ばくち》はよ、五分《ごぶ》が基本だぜ。つまりyouは博才ありっつうことだな。今度はラスベガス行ってやるか」と堀尾。

カジノにジャンケンないっすから。

僕の番組の初の聴取率調査が近づいているのも気になるけど、わざわざ時子さんが訪ねてきたことが、ものすごく僕の心に引っかかる。

居酒屋ちょい都のマスターが、月曜日に限って、仕込みのあとどこかへいそいそと出かける、という件だ。

まさかそんなにわかりやすい浮気をするような人でもないんだけど。

それで、火曜日に週刊朝日を買いがてら、まだ「支度中」の札が出ているお店の中を覗いてみると、マスターはすでに包丁を握っていた。

「あれ？　寺ちゃん、どした？」

マスターが屈託なく笑う。

「あたし、三十分ほど出てきてもいい？」急に思いついたように、時子さんが僕に目配せしながら言う。

「はあ？　急にどこ行くんだよ？」

「友だちの、ほら、明子《あきこ》がちょっと相談があるって言うのよぉ」

「そうかぁ。おう、金ならねえってちゃんと、そう言うんだぜ」マスターがカラカラと笑った。

「なんだよぉ。何かあったのかい？」と真顔になった。

出かける時子さんを見送ったあと、マスターはふと手を止めて、
いや、僕の腹は決まっている。

こういうことで回りくどいのはいけない。殊《こと》に男同士だし、ヤクルトファン同士だし。

「あのね、マスター、怒らないでね？　あの……毎週月曜日に、仕込みのあとマスター
はいったいどこへ出かけるんだろうって時子さん気にしてます」

「あ、なんだよぉ。そんでなにかぁ、寺ちゃんに相談しに行ったのぉ？」

マスターは一瞬天井を振り仰いで言葉を探し、それから僕を見た。

「そりゃ悪かったねえ」

僕が緊張していたら、マスターはあっさりと答えた。

「前立腺癌《がん》って言われてサ」

「え！」思わず声が裏返る。

「なんだかね、ションベン出づらいなと思ってたんだけどね」

「大変じゃないですか、マスター」

僕は自分で青ざめるのがわかる。

「そりゃまあ、大変だよ。いや俺自身は大して驚きゃしないんだけど、大袈裟になるからサ。あいつにゃあ黙ってた」

いや、大袈裟な話でしょ。僕が言葉を探しているとマスターは明るく言った。

「八月の終わりにいつもかかってる医者んとこに相談したら駿河台《するがだい》のN大病院紹介されてね。先月ハッキリそう言われた。んで、月曜日が俺の担当医の勤務日でね。何でもね、PSAっつう数値が4・0以上だとヤバいらしいんだが、俺、250あるんだって」

思わず息が止まる。

「それ……危険でしょ？」

「もうね、末期的数値。あっはっは」

笑ってる場合じゃないでしょ⁉　こんなに冷静でいられるなんて、すごい人だ。僕なら頭、変になっちゃう。

「普通、250って数値なら、すでに身体のどっかに転移した末期癌。ところが全然転移してないらしい。でね、昔、たかがホルモン剤でね、PSA2500あった数値が三カ月で正常値に戻って、二年で治っちゃった奇跡の患者がいるらしくてさ。ひょっとしたら、って……奇跡を信じてひとまずホルモン剤。で、ダメならすぐ手術よ」

それからマスターは九州男児らしく笑った。

「だけど、なんで癌になったかわからねえんだもの、何かの拍子に治るかも知れねえじゃねえの？　あっはっは」

格好いい！　けどすごく心配だよ。

「それ、時子さんにちゃんと言ってあげてください。床屋の女の人とつきあってるんじゃないかと思ってますよ」

「あっはっは」とマスターはしばらく大笑いした。

「ばっかじゃねえの？　寺ちゃんにまで迷惑かけて。ションベンも辛いってのにヨ」

「いや、そういう生々しい話じゃなくって」と言いかけたところへお店の電話が鳴った。

マスターが出ると時子さんだった。

「おめえ、馬鹿か。今、寺ちゃんから聞いたヨ。とにかく帰ってこい、説明すらあ」

僕はまた来ます、と言った。

「かえって悪かったねえ」

マスターの声を背中に聞きながらまだ明るい新宿通りへ出る。

癌と聞いただけでうちひしがれそうな思いになるけど、それでも、あの人なら平然と乗り越えてくれる気がする。いや、そう信じよう、と、何度も自分に言い聞かせた。

＊

数日後、新館の第2会議室で放送作家の内田、安部の二人が待っていた。

「葉書、かなり来てるよ、寺島君」

「え⁉　本当ですか？　やっぱり昭和のおっさん、おばさんですか？」

「それがびっくり、案外若い子が多いんだよ」安部がにんまりしてる。

「アタコン、だな？」と内田。

「アタコン？ってなんですか？」

「新しいコンテンツ。って、今僕が作った新語だけど。ホラ、終わっちゃったようなコンテンツのことオワコンって言うじゃない？」

「それ、フツーにトレンドでいいんじゃね？」安部が突っ込んでる。

「なるほど」

「さて、リスナーの反応第1位。何だと思う」

「大越さんの鯛焼き乱入事件！」

「ジャン！　それは意外に第5位」

「想像つきません。なんですか」

「寺島君、あの晩、ラストレターの時、大越さんに寝るなーって怒鳴ったよね」と安部。

「はい、あんなに真剣にラストレターを読んでるのに、発起人の大越さんが寝てたので、呆然として、思わず、寝るなー！　って叫びました」

「なんとそれ第1位。案外たくさんの受験生が聴いてるのよね」と内田。

「寺島君の必死の叫びの寝るな——って一言を聞いて、マジに目が覚めたっていうんだ。だから毎週必ず聴くから時々叫んでくれ、が十八通」と安部。

「へえ、不思議なもんですねえ」

「第2位は何だと思う？」

「三秒笑劇場？」

「いいえ」

「深夜の茶会？」

「いいえ」

「正解はラストレターです。お陰で胸きゅんの葉書、いっぱい来てます」安部がため息交じりに言った。

「若い子はエネルギーがあるから、安い〝チャラキャー〟でも平気なんだろうけど、大人たちはさ、みんなやっぱ、どっかくたびれてるっつうか飽きちゃってるんだよ」と内田。

「かといって突然ベルリンフィルに改宗できないしね」と安部。

「負けないで、僕がそばにいるよ、君を護《まも》るよ、一人じゃないよっていうような、それも意味不明の占領地英語交じりの曲、何曲聴いただろう」内田が首を左右に振ってコキコキッと音をさせる。

その時、田名網部長が顔を出した。

「おい、この番組は聴取率対策しないからな」突然そんなことを言う。

「元より」安部が平然と答えた。

「すんません、実はホントのこと言うと聴取率無視してます。作家が言うと叱られますが」・

「あたりめーだろ！ 他人には言うな」

「お待たせ」ハッピー鈴木の登場だ。

金曜は葉書の粗《あら》選びと最終打ち合わせの日なのだ。

「深夜の句会ですけど」と安部が片手を挙げた。

「何よ？」と鈴木。

「〝屁をしても独り〟ってのは、五七五として扱います？」

「何だよ尾崎放哉《おざきほうさい》ごっこ？」と内田。

「いや、放哉でも山頭火《さんとうか》でもいいけど、自由律が云々《うんぬん》じゃなくて、同じのが川柳にある。〝屁をひっておかしくもなし独り者〟って。葉書書いた本人も知らないんだろうけど、ネタ元がかぶったり、明らかな流用ってわかるのは緩やかに排除。選ぶ方が知らなきゃしょうがねえけどな」

田名網が答える。

「なるほど、葉書を選ぶ人間の器量まで試されるんですね」僕が呟くと、みんなが一瞬息を呑んだ。

「視聴覚教育」

真面目くさった顔で鈴木が小声でそう呟いたから、みんなが一斉に噴き出してしまった。

「何がおかしいのよ、僕たちのテーマじゃない？」鈴木だけが真面目な顔で口をとがらせた。

「いや、タイミングで笑っただけだよ。みんなわかってるって」

田名網が慰めている。

それから思いついたように、

「句会だけどさあ、いっそ面白おかしく三人のキャラをでっち上げちゃうってのは、どう？」と言った。

「と仰いますと？」僕が聞くと、

「おまえさんは真面目、内田が軽いチャラキャー、安部がものすごく暗いっていう、三人の選者のキャラを演じるんだ」

「明るいのと普通のと暗いのと、あ、それ面白いね。キャラが定着すれば書く方もわざと暗い句、明るい句、って書き分けやすいしね」と安部。

「句会なんだから、一応選者にも俳号とかつけちゃいますか」と内田。

お、何だか盛り上がっちゃったぞ。

「じゃあ、いっそボクちゃんを宗匠にして、一派を立ち上げよう」

鈴木が膝を打って言った。

「立川《たてかわ》雲黒斎《うんこくさい》家元《いえもと》勝手《かって》居士《こじ》って談志《だんし》さんの戒名があるじゃない？　あの手だな」と安部。

「じゃ横川流で行きますか？」と僕。

「つまんない。四谷若葉流くらいがいいよ」と鈴木。

「四谷若葉流、おお、いいじゃない」

田名網はまんざらでもなさそうだ。

「一回採用で一級ずつ昇級して、五回採用で初段。初段で俳号授与ってなれば書く気起きますよね」と内田。

「やっぱ雲黒斎みたいな、なんとかクサイ、が基準ですかね？」と安部。

「談志に敬意を表してね」と田名網。

どういう敬意なんだか。

「じゃ、それぞれクサイをつけますか。〃何とかクサイ〃って俳号」と内田。

「例えば？」

「例えば割特斎とか？」

「ああ、わりとクサイね。面白いじゃない？　それ」と鈴木。

結果一時間をかけての激論（？）の末、次のように決定した。

普通の俳句を披講するのが僕、寺島尚人。

四谷若葉流宗匠〃東亜軟覚斎《なんかくさい》〃。

チャラキャー俳句を読むのが放送作家・内田英一。

四谷若葉流師範〃東亜寸極斎《すんごくさい》〃。

そして暗い暗い俳句を選ぶのが放送作家・安部あきら。

四谷若葉流師範〃東亜漆黒斎《しっこくさい》〃。

「なんかくさい、すんごくさい、しっこくさいと、うん、揃ったな」

鈴木が妙に盛り上がって、僕にも付けてよ、というので鈴木は〃滅嫡斎《めっちゃくさい》〃に決まった。

会議のあと、みんなで例によって〃ちょい都〃へ繰り出す。

「おかえりー」

マスターの明るい声が迎える。

「ただいまー」

内田が暢気《のんき》に返事をしている。

僕はマスターの病気のことを知ってしまったので、少し気が重い。

「みんな生でいいの？」

時子さん、この間よりもぐっと明るい顔になっている。

僕が手洗いに立ったちょっとの隙に時子さんが近づいてきて、小声でごめんね、と言った。

「あのバカ、水くさいったらありゃしない。病気なら一緒に闘ってやるっていうのヨ。でも寺ちゃん、ありがとね。なんかあたし、亭主病気なのに別の意味で元気になっちゃった。絶対あの人治すからね！」

「ほら突き出しだよ」マスターの声に時子さんいつもの声で、「あいよぉ」と応えた。突き出しは牛すじ肉と大根の煮付け。

それから時子さん、僕の肩をぽんっと叩いてにっこり笑った。少し不安そうだけど力強い笑顔だった。僕でも役に立ったのかな？

みんな真面目にまだ番組の話してる。

「テーマ決めよう。その方が書きやすいし」と田名網。

「今週から来月いっぱいくらいはオリンピックでどうですか？」と内田。

「いいねえ、東京も決まったし、もうすぐソチだしね。今年いっぱいくらい引っ張れるよ。ソチも悪よのう」と鈴木。

「ウマイ」安部が呟く。

田名網が思い出したように言った。

「なんか、三秒笑劇場にスポンサーがつきそうだとか言ってたぞ」そう言って、空になったビアジョッキを頭の上に掲げる。

「あいよぉ」時子さんの優しい声が聞こえる。


僕はこの晩、遅くまでパソコン画面を覗いていた。

キイワードは〝前立腺癌〟だ。ネット情報を鵜呑《うの》みにしてはいけないなんてことは百も承知だけど、並んでるデータの恐ろしさに戦慄する。

ＰＳＡ数値２５０の異常さや、手術後五年生存率、なんて文字を見るだけでマスターと時子さんの顔が浮かんで、涙が出そうになる。

だが落ち込んでいる場合じゃない。僕には人生初の看板番組の、聴取率調査が待ち受けているのだ。

16 聴取率調査

「はーい、あと三十秒でスタジオ入るよ」ハッピー鈴木の声。

「気楽にやろうよ、どうせ※印」

トークバックで田名網部長が笑った。

第一回の時は社長をはじめ、小百合さんも東子さんも、駒井局長から各ディレクター、プロデューサーの皆さんまで揃って副調整室にいたっけ。あれからまだたった一週間しか経ってないんだ。

今夜は営業の祢津、外谷が誰かお客さんを連れてきてニヤニヤしながら副調整室にいる。

「ハイ、入ります、キュー」鈴木の声でマイクをオンにする。

「先週始まったんですが、この番組、聴いてくれてた人もあったみたいですよ」僕が言うと、内田が受ける。

「そりゃそうですよ、ついうっかり聴いてる人もありますよ」

「ついうっかりはひどいですけど、僕はですね、みーんなラジトー聴いてると思ってたんですよ」

「何を言ってるんですか」と安部が引き取る。

「埼玉の川口なんかウチの送信所があるから、ほかの局ぜーんぜん聞こえないんすから」

「あなた説得の仕方が暗いですよ。ウチしか聞こえないって……」

なるほど。もう暗い安部、チャラキャラーの内田というキャラ立てのための演技に入ってる訳だ。

さすがです。

「あ、でもそれは本当」と内田。

「NHKより電波強いって……」爆笑。

「第一ね」と安部が暗く念を押す。

「川口に住んでるばあちゃんが、いつどこにいても東亜放送が聞こえるから、頭変になったかと思って病院に行ったら、金歯から寺ちゃんの声が聞こえたらしいっす」

気づけばテーマ曲、アート・ガーファンクル〈I Shall Sing〉フェードインしている。

いいタイミングだなあ。

「ホントかよ！　ホントかどうかお葉書ください！　では始まるよ!!」

曲、大きくなって再びのキューで、

「今夜も生だよ！　寺ちゃんのサタデーナイト・レター！　この番組はO－CANグル

ープの提供でお送りします！」

「ＯＫ順調」鈴木活き活きしてる。

僕は手元に葉書を並べる。読む順番までは決めていない。それをやると段取りになってしまうから、という鈴木の助言による。

ただ、どういう葉書が手元にあるかの確認をしないと、ただの拾い読みになってしまうのが怖いのだ。

コーナーテーマ曲、ナット・キング・コール〈プリテンド〉フェードイン

「まずはお葉書大紹介のコーナーです。こんな葉書から。世田谷区のローン・ストレンジャーさん三十五歳のお葉書。『僕は通訳の仕事をしています。さて、日本を案内していて、外国の人がいちばん驚くのは何だと思いますか？』ヒント、鉄道関係です」

「時間の正確さでしょうね」と内田。

「電車の停止位置の正確さでしょう」と安部。

「はい、『答えは、新幹線ホームの転落防止柵が自動的に動くことです！　動き出した瞬間、全員一瞬目が点になってこれは何？　と尋ねます。〈人が接触したり落ちたりしないよう、電車が到着するとあの大きな柵が開く仕組みです〉と答えると一様に信じられない配慮とテクノロジーだ、と驚くのです』なるほどねえ」

「日本はアレですね、寿司屋もハイテクですからね。かっぱ寿司じゃ新幹線が寿司運びますから」と内田。

「そうですよ、ウチの実家など、お墓もビルの中にあって、キイをかざすとハイテクノロジーで安部家って墓が現れますからね」

「安部さん、暗いですよさっきから、たとえが。でもわかります、お線香も叙々苑《じょじょえん》みたいに排煙装置付きなんですよね」と僕が引き取る。

「そうです、無煙仏」と安部。

「やめなさいよ」と内田。

「さて、次のお葉書、静岡県は清水の次郎助《じろすけ》さん」

「弱そうな俠客みたい」と内田。

「『ウチのばあちゃんは九十二歳未亡人です。じいちゃんの三回忌の精進落としの時のこと、ばあちゃん（酒豪です）に酒を注ぎながら、僕の叔父がこう言ったんです。〈ばあちゃん、えらく寂しくなったずら？〉。そしたらばあちゃん平然と答えました。〈ちいとも寂しくねえずら。私、あのひとのことあんまし好きでなかったもんで〉。一同大爆笑したものの、昔の女はすごいですね。あんまし好きでなかった人に添うて六十年。耐えて六人の子を産み、孫が十二人曾孫《ひまご》が四人。幸せだったのでしょうか？』」

「重い問いかけですねえ」安部がため息をつく。

「幸せって、人によって全然性質が違いますからねえ。一緒になれただけで幸せ、一緒になった不幸せ、一人でも幸せ、たくさんいても不幸せ」ふと居酒屋ちょい都のマスターの笑顔がよぎる。

「まずは元気が幸せの基本です」

思わずそう呟いた。

「親に決められたんですかね？　ほかに好きな人がいたりしたんだろうなあ」安部が妙に喰いつく。

「ばーちゃんリアリティ」

わざわざスピーカー・トークバックで鈴木が叫んでる。でもスルー。

「人間《じんかん》五十年、夢幻《ゆめまぼろし》の如くなり、ですよ」と安部。

「ばあちゃん九十二歳ですよ」と内田。

小さな人生のふとしたため息のような体温を伝えたい、と僕らは誓っている。もしかしたらこのばあちゃんの漏らした、本当か照れかわからないぎりぎりのところに、ヒトの生きる妙があるのではないか、と思うのだ。

「次のお葉書です、茨城県潮来《いたこ》市のイタロー51さんの葉書。『福島駅前で見た看板です。目が点になりました。〝福島名物、長崎カステラ〟』なるほど」

「ああ長崎カステラで一つの名詞なんですね」と内田。

「富山の薬、とかね、そういう一撃必殺ありますよね」と僕。

「越前ガニとかね」と安部。

「京都のソーダね」と内田。

「え？　京都に有名なソーダがあるんですか？」

「そーだ京都に行こう」内田がボケる。

「ウマイ!!」鈴木がまた平然と放送にも乗せてスピーカー・トークバックで叫んでいる。世間にも聞こえてるってば。

「そろそろ、寺ちゃん、受験生へのエール行きましょう」と内田。

「寝るなぁああ！　起きろぉおー！」

「はい、ありがとうございました、次はもう十五分後にお送りします」

安部が平然と受ける。

ワイワイやるウチにあっという間に時間が過ぎてしまう。生はすごい。

「三秒で笑わせてください、三秒笑劇場！」一同拍手。ＢＧＭなし
「早速行きますよ、千葉県八街《やちまた》市のこりゃあヤチマタさん」

「すでに面白いね」と内田。

「家老『殿、次の五輪はどこがいいでしょう』、殿『ソチはどうじゃ？』」

「割とありがちなギャグですね。先日ハッピー鈴木が飲みながら同じようなこと言ってましたよ」安部が冷たい。

「こりゃあヤチマタってペンネームの方が面白かったですよね」と内田。

「神奈川県秦野《はだの》市の一平《いっぺい》さん。歌いながらお願いします。では『♪カツオ風味のフンドシ～♪』」（笑い）

「やな風味ですね」と内田。

「味の素に叱られますよ」と安部。

「次はペンネーム味の素の人麻呂《ひとまろ》さん」

「お、うまくつないだね、寺ちゃん」

「ありがとうございます。えー、味の素の人麻呂さん。『寺尾聰《てらおあきら》ビール瓶の指環』。ルビーですよ、やだねえ」

「重たそうですね」と内田。

「手首壊しますね」と安部。

「次、行きますよ、世田谷区、稲垣正俊《いながきまさとし》さん。先日、ウチの子供（八歳）が急に言った一言。『パパ、今夜、ザッケローニ食べたい』（大爆笑）。『ウチの子供はいったい、何を食べたかったのでしょうか?』笑えますね」

「サッカーくですね」また鈴木が叫んでいるが、これもスルー。

「思えばザッケローニってイタリア料理、ありそうですよね」と内田。

「チーズこってりの、カニとかウニとかギザギザのマカロニが雑居状態になった感じしますよね」と安部。

「しねえよ」内田が噴き出す。

「ザッケローニ、確かに美味しそうですよ」僕が言うと、

「もう、アレなんだろうね、この子の頭んなかでは、もう、ものすごく美味しい料理なんだろうな」と安部。

「ザッケローニね。いや、ありそうだなあ。マスター、ザッケローニ、今日は硬めでね、とか」

　内田がはまってる。

「次、行ってもいいですか?」思わず僕が言うのに二人はまだ笑ってる。放送作家のスイッチは一般人とは別のところに付いているようだ。ホラ、笑ってるウチにもう「ゆく週くる週」の時間になっちゃってる。


テーマ曲〈ツァラトゥストラはかく語りき〉静かにフェードイン

先週から読んでるけど、内田と安部、ここのコメント、心込めたなあ、と思う。

「ありがとう。さようなら今週！　そしていらっしゃい来週！」ってあたりは、読みながらちょっとぐっとくる。僕自身が頑張ろうかな、と思うくらい。それから決め言葉。

「まもなく今週が終わります。一緒に明るく元気な来週を迎えましょう。時刻は午前0時になります」

〈時報〉

「深夜の茶会」今週は卯藤園のジャスミンティーでの茶会。リスナーの中には、ちゃんと自分のお茶とか用意して待っててくれる人もあるのだろうか？　このへんがラジオの楽しさだな。

「そして深夜の句会！」大拍手

打ち合わせ通り、厳かに宗匠挨拶

「私が四谷若葉流宗匠の東亜軟覚斎でございます。きわめてフツーの句を披講いたします」

「私は師範の東亜寸極斎でございます、チャラキャー系の軽い句を読んじゃいます」と内田。

「最後が私、四谷若葉流師範、東亜漆黒斎にございます。がっかりするような暗い句ばかり読ませていただきます。よろしくお願いいたします」と安部。

「一回読まれるごとに一級ずつ昇級します。五回読まれたら初段となり、四谷若葉流東亜宗家より、俳号が授与されます」

「大問題があります」と内田。

「先週、紅葉、行楽というテーマを出したのですが、ほとんどの葉書がテーマ無視です」

「だーれも聞いてなかった訳ですね」と安部。爆笑。

「ま、いいか」と内田。

「いい加減だなあ（笑）。ではまず私、宗匠軟覚斎から。足立区の橋本《はしもと》いわおさん八十歳。『いにしへの女給恋しや傘寿《さんじゅ》なり』。いやいや結構お盛んでしたね、お若い頃。ぶりぶり言わせてたんでしょうね玉の井あたりで」

「寺ちゃん、僕いっていいですか」

「失礼しました。では寸極斎先生、お願いします」

「はい。市原市の川上川下《かわかみかわしも》さん。どっちなんだよ。では句を読みます。『電話鳴るクソは出かかる気はもめる』（大爆笑）。いや辛そうですね」

「特に取引先からの電話なんかまた、トイレの中にいるときに限って急ぐ電話なんですよね」と僕が受ける。

「マナーモードでも鳴ってるの外に聞こえますよ。平気で電話に出る人いますけどね」と内田。

「臭いが伝わったらすごいでしょうね」と安部。いや、喧嘩になるわ。

「では漆黒斎先生に暗い句を披講していただきましょう」

「はい。北のクロマグロ五十八歳さん。『亡き友の好物ねぎま十三夜』」

「あれ？　いやいや、しみじみとしたいい句じゃないですかね」と僕。

「友情がにじみますね」と内田。

その後本日二回目の「受験生へのエール」も終わり、僕の第二回の放送もあっという間に終わりだ。

「来週から年末までのお葉書テーマは『オリンピック』です。もちろんそれ以外のテーマでも一向にかまいませんよ、では今週のラストレター」

ヨーヨー・マの〈白鳥〉が流れる

「北茨城市の星のしずくさんから。『二〇〇〇年、シドニーオリンピックの年、私は産休の先生に代わり臨時採用教員として市内の小学校にいました。そのクラスには周囲が呆れるほど悪さばかりする乱暴者のK君がいました。PTAも教師もこの子には手を焼いていたようです。

ある日の写生の時間のことです。K君は校庭にある大きな銀杏《いちょう》の樹を描いていました。その目を見て、この子は絵が好きなのだ、と直感しました。ところが突然、木の幹を一気に紫色に塗り始めたのです。思わず私はK君に言いました。K君、そんなに上手に描いたのに、あの木はその色でいいのかな？　ちゃんと見てあげたら？　その色じゃないかも知れないねえ。するとK君は憤然と立ち上がって私にこう言ったのです。〝俺はこの色が大好きなんだ。俺はこの樹がいちばん好きなんだ。だからいちばん好きな樹に、いちばん好きな色をあげているんだ〟と。私の教師としての思い違いが身に染みると同時に、K君の本当の心根の美しさに感動したのを覚えています。

折からオリンピックだったので、私は金メダルを手作りしました。それでK君の首にかけて、思いを伝えました。世の中では紫色の銀杏の樹に良い点をくれないかも知れないけど、私にとってあなたの銀杏の樹は金メダルですよ、と。K君はそれから少し、私と仲良しになってくれました。もう十数年も昔の話です』

僕たちはいつの間に子供のようなまっすぐな心を失ってしまったのでしょうか。ではまた来週お会いしましょう」

こうして第二週の生放送が終わった。

その時大きな物音がして誰かが入ってきた。

大越さんだった。

「おお、間に合ったか」

「いま終わりました」

「打ち上げに、だよ」

あのね。

17 非売品

ラジオの聴取率調査というのは割合ざっくりしていて、簡単に言うと、配った調査票に、どの放送を聴いたか回答してもらい、返送されたものから数字をはじき出す。

だから回答者の記憶や気分によって、ずいぶん数字も違ってくる可能性があるんじゃないかと思うんだけど、かなり正確な数字が出るそうだから、裁かれる僕らとしたら、顔の見えない陪審員の出した評決に従うだけだ。

調査は翌月に発表になる。

元々局長の駒井や、ロンドンブーツを履いたフィーバー男、堀尾は別にして、ウチの制作陣はあんまり熱心に数字のことばかり考えている訳でもなく、実は案外のんびりしている。

それでも聴取率調査で燃え尽きたのか、堀尾が胃腸炎で入院し、代わりに月曜から急遽キューを振ったのがフィーバー男とはまさに対極の、我が局ではナイーブ平石《ひらいし》と呼ばれる真面目がこじれちゃったような平石明《あきら》ディレクター。一緒に仕事をするのは初めてだ。

「今週のテーマですけどぉ」

そよ風のような声で妙なことを言った。

「街角埋蔵金コンテストをやります」

「どういう意味でしょうか」

「道行く主婦にですね、『今あなたが自分勝手に自由に使えるお金はいくらぐらいですか？』と聞くんです」

「へそくり？　ですか？」

「違います、好き勝手に使える額」

「ほお？」

「いくら持っているかということと、いくら自由に使えるかは哲学的に違うでしょ？」

何だかまた変な人が出てきちゃったぞ。

「哲学的に？　ですか？」

「経済学的、でもいいんです」

いいのかい！

「で、その平均値を出すことでアベノミクスの効果が測れます」

「そんなもんですか……？」

「ジョークです。あ、それから……」と平石は言った。

「ラジトーの『昭和に帰ろう』より、君の番組の方が、僕は好きです」

いい人かも知れない。


「東亜放送の『ラジオまっぴるま』〝不可思議実験報告〟というコーナーなんですけど、突然失礼なことを伺いますが、今、……例えばですね、欲しい物があったり、どこかへ行きたくなったりして、主婦が誰はばかることなく自分のために勝手に使える金額の調査をいたしておりますのですが」これ、聞く方も骨が折れる。

全部で二十五人に聞いた平均額が驚くべきことに五十万円。

念のためにへそくりの額も尋ねたところ、平均でその倍の百万円。

ちなみに、使える最高額は二百五十万円。最低額が八万円だった。

「あるところにはあるもんですねえ」

僕がそう言うと平石は顔色一つ変えずに言った。

「人間には見栄がありますから、まあ、その七掛けってところじゃないのかな？」

「あ、哲学的に？　ですか？」

「いえ、一般論です」

真面目な人なんだろうけど。

「明日もこれ、続くんですよね」

「うーん。もう飽きちゃったな」

あれ？　堀尾より自由人？

「そーだ明日は、誰かにお金をあげるとしたらいくらまでぽん、とあげられるか、って調査をします。題して、『文七元結《ぶんしちもつとい》の真実』。よろしくね」

なるほど。落語の人情噺《ばなし》〝文七元結〟に出てくる親父のように、娘を女郎屋に売った血のにじむような代金、五十両ものお金（江戸初期の価値なら一両十万円として五百万円にもなる）を、死のうとしてる人を助けるためとはいえ、ぽん、と名乗りもせずにあげられるか？　っていうこと？

「哲学的でしょ？」

確かに面白い一週間だった。

二日目、『文七元結の真実』の二十五人の平均回答額は一万円。最高が十万円、最低が〇円だった。

三日目は『芝浜の真実』とかで、拾ったお金を届けますか？　という調査。全員が届ける、と答えたが、平石に言わせると、「人間には見栄がありますから、多分その三割は届けない」のだそうだ。

四日目は『出来心の真実』だそうで、今までに猫ババしたことのある額はいくらですか？　だったが、意外に最高額で五万円、平均一万円という額だった。

これも平石に言わせると「人間には見栄がありますから、その倍、と見るべきでしょうね」だそうだ。

来週には堀尾も復帰できると言うので、結局、平石の人物までは理解できそうにないけれど、ただの堅物でなく、落語好きの、物静かだが、案外面白い人柄だ、ということはわかった。

ま、落ち着きのある変人ってところ？

そして今夜も居酒屋ちょい都。

マスターの前立腺癌のことはもちろん、誰にも話していない。

マスターも時子さんも、一切そのことには触れないので、気にはなるけど、僕の方から聞かないでいる。ＰＳＡ２５０って数値を思うだけで震えがくるほど不安になるのに、時子さんはすごく明るい。マスターからしたら、それはずいぶん救われるだろうな、とは思うけど。

乾杯のあとの雑談中に、

「その後どう?」と妙なタイミングでハッピー鈴木が思い出したように言った。

「何が?　どう……なんですか?」

「小百合ちゃんだよぉ、秘書の葛城小百合ちゃん」

みんな一瞬、シーンとする。

「いや……どう……って言われても……」

「わかってるよ。惚れてんでしょ?」

「そうそう、いじらしいほど。見ててわかるわ」田名網がにやりと笑う。

「いえ、あの、私の気持ちの方は決して否定はいたしませんが、葛城さんとは、何の接点もなく……」

「接点あるじゃん、会社の同僚」

鈴木が妙に真面目に言う。

「いや、そういう話になったから言うけど」と内田が明るく言った。

「実はうまくいくといいな、って僕ら、話してたんだよね」と。

「僕はうまくいかない方に千円賭けてるけど」と安部。

みんながどっと笑う。

田名網がジョッキを頭の上に持ち上げると時子さんが笑いながら、

「あいよぉ」と応える。

「ま、君のテンポで行くがいいが、女性は魚みたいなもの、素手で捕まえるのは難しいぜ」と田名網。

「あーら、さすがに底引き網漁の人は仰ることが違いますわねぇ」

突然背中で声がしたのに驚いて振り返ると、小牧雅子姐が立っていた。

「やあ、上がってよ、上がってよ」田名網が席を作る。

「あーら、ありがとうございます。何？　素手で捕まえたい魚って？　あたしのこと？」と小牧姐。

「違うよぉ。小百合さんの話」と鈴木。

「ああ、小百合？　呼ぶ？」

「呼ばない呼ばない」慌てて僕が止めると、

「あら、顔が赤いわよ寺島君。時子さん、ビールお願いします」

「今日はまたどうしたんですか？」

内田が尋ねると、小牧姐は澄ました顔で答えた。

「ゴアとデート」

「え⁉　大越さん？」と内田。

「そうよ、月に一度は一緒に飲むんだけど、この間、ここが楽しかったからここにしたの。やっぱりいたわね、あなたたち」

ジョッキを一気に半分ほど呷《あお》ってから、小牧姐はじっと僕を見た。

「寺島君、いいわよ、あの番組。アレよ。ラジオはアレ。ただ、気に入らないことが一つ」

「ハイ！　何でしょう？」

「スポンサー募集してないじゃないの」

「してるって」と鈴木が答えた。

その時に営業の祢津と外谷が、

「いたいたいたいた」と入ってきて、ビールビールビールビール、と叫ぶ。

「いいところへ来た。ねえ、スポンサー募集してるよねえ」と鈴木。

「そうそうそうそう」祢津がビールの泡を口の周りに付けたまま頷く。

「放送二回だけど結構問い合わせあった」と外谷がにんまり言う。

「とはいっても、個人での問い合わせはない。会社単位ね」と祢津。

「会社的に問題はないんでしょ？」

小牧姐が尋ねると祢津が頷いた。

「O-CANの品田社長はサ、ざっくばらんな人だから、メインスポンサーって言ってくれるだけで有り難いって。お金足りないのわかってるから、コーナーの提供社はどんどん探してやれって言ってくれてるしね」

「第一回のオンエア聴いて、よし、提供しようかっていう、特に熱い会社の人がサ、現場に来たいって言うからね」外谷がそう言いかけてビールを口に運ぶ。

「そうなんですか？」僕も初耳。

「先週サ、副調整室に背広が二人来てたでしょ？　あの人たちがそう。葛飾のアルミ製造会社の人」祢津が言うなり、小牧姐、思わずぶっと鼻からビールを噴き出した。

「ハイ、降格」田名網が指さす。

「真面目に？　ひょっとして？」と姐。

「はい、そのまさかです。立石じゃないけど四《よ》つ木《ぎ》の会社」と祢津。

小牧姐、目を丸くしてしばらく絶句したあと自分を指さして首を傾《かし》げた。

「吹き当てた？　あたし」

「吹き当てた、吹き当てた」田名網が大笑いしているところへ、ゴア……じゃない、大越さん登場。

「お。面白そうにやってんな、相変わらず」小牧姐の隣に座りながら、

「おう、バカオ×××。元気か」といきなり危険単語を放ち、時子さんに向かってホッピー！　と怒鳴った。

「今面白いとこなのよ、ゴア」と姐。

「な、なんだ？」

「スポンサー募集に乗ってきた会社があるんだってさ」

「ほ、ほう……へえ？　そうか」

「俺たちもその話聞いたとき、真面目にびっくらこいたんだよネ。『新世界軽金属』っていう、今の社長が一代で築いた2部上場会社で、業界では有名どころらしいヨ。その社長がワンマンらしくて、たまたま第一回の放送を聴いてくれてたの」と祢津。

「アルミ⁉　やっぱアルミかあ！」

内田が噴き出すと一同が一斉にどっと笑う。

「吹き当てたなあ、あたし。じゃ次はきっと個人提供、来るわよ」

「まあ、個人提供ってのは……どうなんだろうね？　会社的には難しいかも知んないけどさ、……実は新世界軽金属の社長がね、第一回のラストレターに、いたく感激して、コーナースポンサー募集の話があったから、ラストレターのコーナーをぜひとも提供したいって……向こうからなんて……史上初だぜ」

「そりゃ駄目だ！」

急に大越さんが大声をあげた。

「え？」一同が息を呑む。

「駄目だ！」大越さんはもう一度そう言うと、ぐいっと島美人ホッピーを呷り、小声で言った。

「あれは……売っちゃあ……いかん」

一瞬、全員が静まる。

「うん。確かにあれ、提供社があると、ラストレターの魂失うかも知んないね」と田名網。

「作りっぽくなるかもね」と鈴木。

「あたしもそれに賛成」と小牧姐。

「なるほど。……わかりました。そう伝えてみます」

妙に素直に祢津が引っ込めた。

「なんだねえ、いやに素直に引っ込めるね」と鈴木。

「いやいや、僕らも同じこと感じてたってことですよ」と外谷。

「ラストレター。今週もいいの来てますよ」と内田。

「ちょっと読ませて」小牧姐が、内田に催促すると、例えばこんなのどうですか？　と一葉の葉書を渡す。

ざっと下読みをした小牧姐がそれをあらたまって声に出して読み始めた。

「府中市の菅原節子《すがわらせつこ》さん、五十九歳。

『オリンピックで思い出すのは一九六四年の東京大会です。十歳の秋でした。父は夏は氷、冬は炭や練炭などを商う小さな燃料店を営んでいましたが、決して暮らしは楽ではありませんでした。それでも子供たちのために父はオリンピックに間に合わせてテレビを買おうとしてくれたのです。私は三人兄妹の末っ子でした。夏前から、家族揃って一日おきに銭湯に通う時、町の電器店のショーウィンドウを覗いては、飾ってある新型のテレビを眺め、あと三カ月で買えるぞ、あと二カ月で買える、と指を折りながらみんなでワクワクしたものです。

いよいよ今月買えるということになり、電器店に出かけると、私たちがいつも憧れていた新型テレビは売り切れていました。それから注文をしましたが、結局、オリンピックの放送には間に合いませんでした。

あの日、もっと早く頼めば良かったねえ、と肩を落とした父の、炭に汚れて爪の中まで真っ黒だった手を私は思わずぎゅっと握りしめました。父が照れたように私の頭をなでてくれたのを覚えています。

今は何でも手に入る世の中になりましたね。分不相応と知りながら高価なものをクレジットで手に入れる生活にすっかり慣れてしまいました。

豊かになる、とはどういう意味なのでしょうね。モノが溢れ、すぐに欲を満たせる現代は、本当に豊かなのでしょうか？　貧しかったけれども幸せだった我が家。次の東京オリンピックをこの国はどんなふうな幸せの形で迎えるのでしょう？　オリンピックと聞くと、私はいつも父の真っ黒に汚れた、温かくて懐かしい指先を思い出します』」

一同が静まりかえる。

僕は聞いているだけで涙がこぼれる。

小牧雅子、さすがウチのエースだ。

「いい葉書ねえ……」

小牧姐はため息をついて言った。

「そうなのよ……これがラジオ。同じことをテレビでやるとね、もう……嘘くさくて見てられないの」

「伝えたいのはこれさ」と鈴木。

「そうなんだよね。貧しくても不幸とは限らない時代が昭和なんだよ」

田名網が言う。

「今は貧しさはたちまち不幸。かといって豊かさが幸せとも限らない。みょーな時代だからね」と小牧姐。

「だから売っちゃいかんのだ」と大越さん。

なるほどなあ。

あ、でも大越さん、最初のラストレターの時、口開けて寝てたし。

18　無知との遭遇

田名網部長に「おまえさん、案外モノ知らねえな」と笑われてからやっと調べたのだけれど〝カマイタチ〟とは「何もしていないのに、気づかぬうちに着物や皮膚までがすぱり、と切られてしまう現象で、主に越後や信州で冬場に起きる」のだそうで、昔の人はそれをイタチのしわざと考えて鎌を持つイタチ＝鎌鼬《かまいたち》と呼んだらしい、とわかった。

科学的には説明できないようだが、つむじ風などによって空気中に生じた真空の部分にふれて着物や皮膚を切ってしまうか、または冬の乾ききった皮膚が冷たい風に晒《さら》され少しのショックで切れてしまうのではないか、といわれているようだ。

ここから先は、あとで鈴木に聞いたが、ギョーカイでカマイタチというのは偉そうに肩で風を切る奴のことだそうだ。歩く度にそいつの肩のあたりでつむじ風が起きて、近くにいたらぱっと皮膚が切れた、というジョークがその由来だそうな。

月曜に局で会ったら、堀尾がカマイタチになっていた。

それもそのはず、「ラジオまっぴるま」がなんと〝銀河賞〟の優秀賞をもらったからだ。銀河賞は、一年に一度、テレビ・ラジオなど、マスコミの記者の投票によって日本国内で放送された優秀番組に与えられる賞だ。

テレビ、ラジオ、インターネットの全番組の中から大賞作品一、優秀賞が三、その他十作品の佳作に諸々の名前のついた賞が与えられる。

その優秀賞に選ばれたのだ。彼自身は人生初受賞なのだそうで、とにかく機嫌が良いことこの上ない。

「俺はよぉｙｏｕ！　小学一年から大学四年まで皆勤賞精勤賞はおろか、駆けっこの一等賞すらもらったことがねえんだぜ、その俺がだよ、ｙｏｕ！　自分の番組で賞取るなんてよぉ！　うひょひょモンだぜ、ｙｏｕ！」

このお陰で今週の〝不可思議実験報告〟は突如、「銀河賞受賞記念・今まであなたがもらった賞の中でいちばん嬉しかったのは、どんな賞ですか？」という調査に変更になった。

いや全く、こうもヌケヌケと喜ばれると、初めは呆れるけど、段々こっちまで嬉しくなるから、人間素直が一番だと思う。

「ｙｏｕ　もさ、金曜日の授賞式に赤西家は仕事で行けないっつうから、一緒に行こうぜ！」

「え？　ぼ、僕ですか？」

「おいおい、ｙｏｕもさ、このすっばらしい番組のじゅ――よ――っなスタッフの一人なんだぜ！」

　そう言いながら、堀尾は自分の胸の前で両腕をゆっくりと拡げて肩をすくめると、「だからど――ど――っと行く権利がある。そう思わないか？　ｙｏｕ！」最後にびゅっと音をさせて僕を人差し指でさしてそう言った。

　ああ、きっとこの人は間違いなく金曜日までにスーツとシャツと、ひょっとしてエスエー・シューズに無理を言ってロンドンブーツも新調するんだろうな。

「うるせえんだ、このオ×××ヤロー」

　堀尾があんまり大声ではしゃぐものだから、僕の向かいの席の大越さんがとうとう立ち上がって怒鳴った。

「そんなに嬉しかったら自費でニューオータニでパーティーでもやれ。そしたら、おまえ、お、俺も呼べよ、このオ×××ヤロー」

　一瞬静まりかえったスタッフが一斉に爆笑する。

　あ、でも大越さん、みんなが笑ったとたんに急に不機嫌な顔になって自分の椅子に座ったところを見ると、本気だったんだな。

＊

金曜日の昼過ぎ、週におよそ千通ほど寄せられる葉書を、放送作家の内田、安部、それにプロデューサーの田名網部長、ディレクターのハッピー鈴木と僕の五人で粗選《あら》びをする。

会議室の大きな机の真ん中に、鈴木が紙を貼ってマジックインキで〝三秒笑劇場〟〝深夜の句会〟とコーナータイトルを書いた二つの小さなクッキー缶、それから内側を厚紙で田の字形に四つに仕切った〝お葉書大紹介〟用の大きなクッキー缶が一つ。

みんなで手当たり次第に読みながら「使える」と思う葉書をコーナー別に振り分ける。〝お葉書大紹介〟用の投稿葉書は①面白い②怒ってるぞ③なるほどねえ④ぐっとくる、の四つに分ける。

番組で読む葉書は最終的に僕が一人で選ぶ決まりで、そのあと番組直前までかけて一所懸命葉書にかかり切りとなるのだが、この日は堀尾に命じられて、帝国ホテルで行われる〝銀河賞〟授賞式に付き人として行くことになってしまった。

「そりゃ、大越さんはローマ教皇庁から何遍も勲章もらってるかも知んねえけどｙｏｕ！　俺は人生初受賞なのよ。わかる？　俺のさ、この……」

帝国ホテルへ向かうタクシーの中でも堀尾はずっとはしゃぎ続けていたが、ホテル入り口に着く頃には緊張してすっかり無口になり、エスカレータで会場へ向かう頃にはもう、真っ青な顔になってしまった。

真っ白のスーツに真っ白のハイカラーのシャツに銀色の蝶ネクタイ。白のパンタロンに踵高《かかとだか》二〇センチの純白のロンドンブーツ。

で、真っ青な顔。

ロックスターでも照れてしまいそうな姿なのに、思い切り気は小さい。

「と、と、東亜放送です。らら、ラジオまっぴるま、の者ですが」

招待状を差し出しているけど、そこ、結婚披露宴の受付ですから。

本間家石井家って大きな文字で書いてあるのが見えないほど上がっちゃってる。

「堀くん、何ボケかましてんねん」

後ろで大笑いしながら声をかけてきた人物がある。

振り返って僕はあっと大声を上げそうになって息を呑んだ。

ぬ、ぬらりひょんだ。

「おお、虻《あぶ》ちゃん、受付どこよ？」

堀尾、もうすっかり舞い上がっちゃって、ぬらりひょんにすがりつくような顔になってる。

「孔雀《くじゃく》の間やがな。それより優秀賞おめでとう」堀尾の手を強く握りしめ、もう片方の手で肩を叩きながら笑っている。

「そーなのよ。ありがとう。いやぁ、俺もさあ、いやまさか優秀賞なんてさ、思いもしなかったよ。どもども」

銀河賞の受付で記帳してから堀尾の頬にようやく赤みが戻ってきたが、緊張は解けない。

「これラジオトーキョーの虻田。こちら、うちの若手アナウンサーの寺島さん」

相手を呼び捨てして僕にさん付けしてる。ぬらりひょん、気にしない。っていうか相手にしていない感じ。

「あーどもども。虻田でーす」

ものすごく軽いノリで名刺を出され、慌てて名刺交換して、お辞儀をする。

「そいでさ、堀くんサ」

僕には興味もないらしく、挨拶もそこそこに虻田は堀尾の肩を抱きかかえるようにして小声で話しかけながら会場の奥へとずんずん進んでゆく。

ふうん。虻田ってのはこいつかぁ。

ぬらりひょんめ。狡《ずる》そうな感じ。

よくも「昭和に帰ろう」ってハッピー鈴木のナイスな着想を横取りしやがって。後ろを歩きながら胸の内で僕は虻田の背中に罵っている。

「おお、まいどぉ」堀尾の肩に手を置いて、そこいら中に声をかけながら笑顔で挨拶をする虻田は、かなりギョーカイの顔のようだ。

「ところで虻ちゃんは、今日は？」

堀尾が尋ねているのがかすかに聞こえる。次の瞬間凍りついたように堀尾の動きが止まった。

それからゆっくり踵《きびす》を返すと、ようやく我に返ったような顔になって僕の方へ一人で戻ってきた。

「なんだよぉ」舌打ちをしながら顔をゆがめて言った。

「ラジトー、グランプリだってよ」

「え⁉　それってもしかして『昭和に帰ろう』ですか？」

「んな訳ねえだろが。あれは始まったばっかだろが。午前中やってる『おはおは』だとよ」

「おはおは」は、鈴木が言っていた「ラジトーにギャラで持って行かれた」有能な放送作家が三年半ほど前に企画した番組で、東京23区の二十三カ所にサテライトポイントを置き、オーディションまでして選んだ〝遊撃手〟と呼ばれる素人記者によって、番組中ならいつでもどこからでも、生の情報を受け取ることができるというシステムの番組だ。

ラジオカーでうろうろする必要もないし、〝遊撃手〟たちは元々自分でやりたいと手を挙げた素人記者なので、やる気満々。

局からはノベルティグッズなどを時々送ったりするそうだけどギャラは出ない。頭いいよなぁ。

「おはおは」の今のメインキャスターは、喋りの上手くない人気アイドルだけど、無理して自分で何か喋らなくてもいいのだ。

番組台本通り「次は何区の遊撃手、○○さんからの最新生情報です、どうぞ！」と言えば「目ざといアマチュア」が見つけた旬の話題が次々と報告される。

素人記者は時々ものすごく面白い。素人だからこそ、思いがけない発想、発見をするし、それぞれの地元近くで何か事件が起きればライブで伝えてくるから臨場感がある。放送慣れした人間には気づかない新鮮で珍しい話題を必死で探してくる。できるだけたくさん自分が電波に乗りたいからだ。

また、一年ごとにオーディションをして別の〝遊撃手〟に代わるので、いい意味での素人感は少しも変わらない。すばらしいアイデアだ。

今ではラジトーの午前中の代表的番組になった。

「ああ、なるほど、『おはおは』がグランプリですか。なるほど」

「なるほど、じゃねえよｙｏｕ！　蛇田のヤロー、余裕かまして見下しやがったぜ。優秀賞くらいで舞い上がってたｍｅが哀れで切ないぜ、わかるだろ？　ｙｏｕ！」堀尾、中指を立ててる。

やめなさいってば、その指は。

授賞式は立食パーティー形式で、業界の人々がザワザワと歓談する中で始まった。まず佳作十作品、優秀賞三作品の順で授与され、最後がグランプリだ。

壇上で賞を受けたのはぬらりひょんではなく、別の若くて背の高い、値段も高そうなグレーのスーツを着た人だった。

「あれ、馬瀬《ませ》っていう作家」と堀尾。

「へえ？　作家さんでも内田さんや安部さんとは、ずいぶん雰囲気が違うなあ」

「今や先生って呼ばねえと振り返らねえって噂だぜ。あいつ、五年前までずっとウチの番組やってたんだ。それこそ、鈴木が育てたのに、薄情なモンだぜ。ギャラの高いお仕事に、コロッだ」

堀尾は中トロばかり選んで皿に取ってきて、それをほおばりながら僕に馬瀬先生の解説をする。

「今、馬瀬がへこへこ挨拶してる白髪頭の爺さんが銀河賞の選考委員長。元郵政官僚で、今はなんとか評論家の先生だ。あ、虻田がこっち来る。今日はあいつと話したくねえ気分。俺さ、向こう回ってくらあ」

堀尾はするすると人々の間を抜けて見えなくなった。

「さっきはピンとこなかったんや、あとで名刺見てやっとわかった」

ぬらりひょんは僕のところへやってくると、親しげに僕の肩に手をやり、屈託ない顔で笑った。

「君、寺ちゃん、やね？」

「あ、はい。寺島と申します」

「あれはええなぁ」

「はい？　何でしょう？」

「何でしょう？　やないがな、君の番組や。サタデーナイト・レターやがな」

思わず息が止まる。

この人、僕の番組を聴いている。

「番組の作家、誰なん？」

「あ？　内田英一さんと安部あきらさんの二人です」

「内田と安部？　あ、ほうかぁ？　君の相手、あれ、作家が喋っとるんかぁ。ふうん。結構ええトリオ漫才なってるで。あ、それは新しなぁ。さーすが鈴木の旦那やなぁ。ほっほう、あれ、作家なん？　へぇぇぇぇ」

褒めてもらってるのに嫌な予感がして冷や汗がにじんでくる。

どうも褒められてるようで褒められてる気がしない。

挙げ句、すごいことを言う。

「ラストレターにはやられたわぁ」ぬらりひょんは、真顔になってそう言ったのだ。

「あれはぐっときたでぇ。狡いなぁ。あれ、パクりようあれへんがな。ほんま、マジ素晴らしいよ」

目が真剣だ。この人、本気だ。

「昭和や。君は若いからわからへんやろけど、あれ、見事に昭和の深夜放送なってる。けど古ない。新しい。あれは、やられたな」

僕は、ただただ口の中でモゴモゴと言葉を探すばかりだ。

「まま、お手柔らかにな。僕らも頑張るわ。鈴木の旦那によろしゅう伝えといてね」

格好よく笑いながらそう言い残し、僕の手をぎゅっと握ったかと思うと、彼はぱっと踵を返して、あっという間に去っていったのだった。

一人になった僕はただただうちひしがれた。

知りもせずに虻田プロデューサーの人物を見誤っていたのではないか。虻田は、例えば人の褌《ふんどし》で相撲を取るような、例えば人の上前をはねて平然としているような、そんな厚顔無恥で軽い人物だと僕は勝手に思い込んでいた。

だがそれは明らかに間違いだった。

仕事には真剣で誠実で必死じゃないか。欲しいと思った武器は、きっと自分の手に入れる。人の何気ない言葉でも気になれば聞き逃さない。すなわちチャンスを逃さない。しかも仕事に当たって、情報収集を怠らない。つまり仕事のできる人、豪腕、辣腕と呼ぶべき人物なのだ。

第一、僕の番組をきちんと真面目に聴いて分析しているじゃないか。

では、僕はどうか？

そこまでの余裕がなかったのは確かだが、ライバルであるはずのラジトーの「昭和に帰ろう」を一度でも聴いたことがあるか？　分析したか？

僕はいったい何様だ？

ああ。僕は何かとても大きな勘違いをしていた。強い強いライバルは冷静で真面目で必死だ。

恥ずかしくて顔から火が出るようだ。

思いもかけない形で僕はこの日、やっと自分の「無知」と向き合ったのだった。

19　金メダルの行方

「昭和に帰ろう」は勢いのある番組だった。

昭和史に残る事件やイベントを取り上げながら、寄せられる聴取者の意見や解説を軸にＢＣＧ48の若くて元気な女性たちが毎週五〜六人ずつでわいわいと盛り上がるのだ。彼女たちを仕切っているのはお笑い芸人らで、ビッグネームもあり、まだ駆け出しの漫才師などもいて、毎週違う味になるから面白い。

残念なのは録音番組なのでＢＣＧ48がスタジオにいないことだ。編集するからグダグダ感はかなり整理されて聞きやすいが、今時の番組だからリードする芸人の力がはっきり出る。それでも今をときめく娘たちがものすごいテンポできゃあきゃあ喋るから華やかで豪華だ。

僕の番組とは全く異質なので、蚍田の言葉ではないが僕らには「パクりようがない」のだ。

〝ちょい都〟で飲みながら、僕の感想を聞いてずっとニヤニヤしていた田名網が、急に真顔になって聞いた。

「で、おまえさん、面白かったのかい？　つまんなかったのかい？」

僕が言葉に詰まると、脇からハッピー鈴木が言った。

「要はそこ。僕ら、実際に昭和にいたからあれは薄っぺらに聞こえる」

「でもアレが聴取率１位なんですよね」と僕が尋ねると、

「うん。ウチは３位。やはり※だ」田名網が噴き出しながらそう言う。

十月分の聴取率調査の結果が十一月半ばに発表されたのだ。

「でもね、※って言っても実際は細かい数字も出てるのヨ」

田名網がプリントを一枚拡げて見せた。

内田と安部が慌てて覗き込む。

「あれれ？　ラジトーの『昭和に帰ろう』も※じゃないすか」と内田。

「そうだよ。ラジトー0・9。ラジオフジが0・8でウチが0・7って訳なのよ」と鈴木。

「まあ、大健闘って言っていいね」と、田名網が笑いながらビアジョッキを頭の上に持ち上げる。

「あいよぉ」時子さんが返事をする。

「ほぼ横並びの3位でしょ？　ボクちゃんこれは勝ちだよ」と鈴木。

「いや、負けは負け。誤差範囲ではあるけどな」と田名網。

「次の聴取率ではひょっとして大金星の可能性もある負け、だけどね」

そう言って大きな伸びをした。

みんなに応援されて始めたのに、それで負けたのに、※印なのにみんな僕を責めない。それどころかみんな明るい。何か救われる気がする。

「そうそう、これ駒井局長からの差し入れ」マスターがにやにやしながらやってきて十四代の一升瓶を僕の目の前にどん、と置いた。

「え！　局長から？　差し入れ？　しかも十四代⁉」安部が目を輝かす。

「あら？　会社的には高い評価ってことじゃね？」と鈴木が胸を張る。

「いや、あいつらに、何か適当に酒出してやれ、俺からのおごりだって駒井さんが電話くれたので、まあ、せっかくだから勝手に良いの選んどいたの。黒龍が手に入らなかったしね」マスターが一升瓶を開けながら景気のいい声でそう言った。

ふと、誰にも言っていないマスターの病気のことを思う。

でも、あれこれ根掘り葉掘り聞いてはいけない気がする。なにか変化があれば、それが良いことであれ悪いことであれ、きっとマスターは自分から僕に話してくれると思う。

「いっただっきま――す」

五人もいたら一升は瞬時に蒸発した。

＊

「寺ちゅわーん」

番組が始まる二時間前の午後9時に、営業の外谷と祢津がやってきた。

今週から三秒笑劇場のコーナー提供が新世界軽金属に決まった。読まれた人には弁当箱、何か必要な時には圧力鍋など、製品提供までしてくれるそうだ。祢津、指でVサイン出してる。

「今、社長が見えてるから、ちょっと挨拶してくんない？」

外谷に案内されて少し緊張しながら応接室へ入っていくと、七十代かな？　白髪の、男前のおじさんが椅子から立ち上がった。

「やあやあ、初めまして！」

僕の手を強く握って握手する社長、どこかで会った気がするんだけど。

「私、社長の真田《さなだ》です。真田幸村《ゆきむら》の子孫。こいつは秘書課長の前田《まえだ》といって前田利家《としいえ》の子孫。いやいや、これはホントの話」

真田社長は名刺を僕に手渡しながら豪快にあっはっは、と笑う。

初対面だけど人柄が伝わってくる。

「本当はラストレターのコーナーが好きなんだけど、アレは非売品だって言われちゃったら、ますます君の番組が気に入っちゃってねえ」

真田社長がそう言ってまた笑った。

それから机に載せてあるいくつかの箱を指さした。

「これね、寺ちゃん、あ、初対面なのに僕、寺ちゃんなんて気安く呼びかけちゃった」

社長、いい感じ。

「いえいえ、嬉しいですよ。その方が」僕がそう言うと目を細めて、

「そう？　嬉しいなぁ。あの、これ、ウチの製品なの。超簡単圧力鍋とか、冷めにくいボウル、ぬるくならないビアマグ、安全弁当箱、ほかにも面白いのが一杯あるの。これ、迷惑かも知れないけど寺ちゃんにはどーんとあとで全部お送りします。番組のコーナー提供はもちろんだけど、製品もいくらでも差し上げるから言ってね」

あ、「釣りバカ日誌」の三國連太郎《みくにれんたろう》さんに似てるんだ。背は三國さんほど高くはないけど。そう思った途端、秘書の前田さん、西田敏行《にしだとしゆき》さんに見えてきた。

真田社長はものすごくバイタリティがあるが、押しつけがましくない。懐《ふところ》の深い人だな、と思った。一代で築いたって聞くだけでもすごい。

社長から元気をいただいた気がして応接室を出ると外谷が小声で言った。

「ものすごく気っぷがいいの。もう、局的には堂々たるところまで営業できた。ありがとね、寺ちゃんのお陰だよ。頑張ろうね」

「頑張ります！」

その時、銀河賞の授賞式で出会ったラジトーの蛇田Pの真剣な眼差しと顔を思い出して、ふと身震いした。いや、余計なことは考えず、僕はただ一所懸命に葉書を読もう。コツコツと積み上げる時間は僕にはまだ許されているのだから。

「お葉書いきマース」番組が始まると鈴木が快調にキューを出す。

この人は生放送中でも、駄洒落《だじゃれ》を思いつくと言わずにいられない性質なので必ず割り込んでくる。それもわざわざスタジオのスピーカーを使うから、お陰で僕らのマイクにも堂々と彼の声が乗るわけだ。

また誰もそれを咎めない。技術の玉井さんなんかすっかり諦めてる。

「はい、次のお葉書です。葛飾区の葛飾白菜《はくさい》さんから」

「いいペンネームですね」と内田。

「小松菜があるんですから、あのへん。白菜なんかありそうですよね」と安部。

「絵も巧そうなペンネームですしね」また内田。

「それは北斎」と安部。

「アホくさい」鈴木が割り込んでくる。ここはスルーだ。

「さてお葉書。『電車に乗るとき、最近の若い親御さんはまず子供を座らせようとしますね。しかし我が家は違います。子供が小さい頃から〝お前らは機械が新しい上に、半額しか払ってないんだから立っとけ〟と言って育ててきました。その長男（十一歳）が先日、駅前の道を、見たこともない大きな荷物をかついでやってくるので、何だろうと思ったら、駅のところでおばあさんが大きな荷物が大変そうだったので、家まで持ってあげることにしたのだそうです。いく度も私にお礼を言いながら去っていくおばあさんの前をよたよたと重い荷物をかついでゆく息子。勉強はできないけど、いい奴だ、とその晩はたくさん褒めてやりました。東京五輪の頃には一緒に飲みたい奴に育ってるかな？』。いや、良い子育てです」

「機械が新しい上に半額だってのいいなあ。正論です」と内田。

「下町の太陽ですよ」と安部。

「でも今十一歳だと七年後はまだ一緒に飲めません」内田が念を押す。

「次のお葉書、姪の旦那がブルーインパルスです！　さん」

「おおお、すごいのが来ましたね！　松島基地ですかぁ？」安部が興奮する。

「『直接の教官の佐藤《さとう》一佐は、長野冬季五輪の時に競技場の上を飛んだ一人ですが、姪の旦那はもう三十近いので、少なくとも次の五輪の時にブルーインパルスのパイロットとして飛んでいることはないでしょう。しかしあの一九六四年の国立競技場の空に描かれた美しい五色の輪は国民の心に残りました。危険な訓練を乗り越えて頑張っている姪の旦那（名越翔《なごししょう》といいます）が今日も無事であることを心のどこかでいつも思っています』。きっと彼らが、次の東京でも美しい五輪を描いてくれるのでしょうね」

　あっという間に〝三秒笑劇場〟。

「お陰様で今週からスポンサーがつきました、三秒笑劇場！」大拍手。

「〝きっとあるあるきっとある！　多分お宅にきっとある！〟このコーナーは圧力鍋か

ら弁当箱、はたまた器から思いがけないモノまで、ありとあらゆる軽金属製品を作り続けて五十年‼ 新世界軽金属の提供でどーんとお送りいたします！」

僕がそう言うと、真田社長がガラスの向こうで拍手をしながらニコニコと乗り出してこちらを見ている。

「なんと！ 今日から採用された方全員に、新世界軽金属の素晴らしく可愛いお弁当箱をお贈りいたします！」

「おお！ 太っ腹な番組になってきましたね」内田が目を輝かせる。

「いやあすごい！ こりゃ嬉しいですね」と安部。

「台東区《たいとう》のうにかもめさん、『肩こりが治るアイスクリーム発売、〝マッチャアジ〟』。なるほど」

「マッサージと抹茶味ね。はい弁当箱差し上げー」安部、嬉しそう。

「さて、次はハッピー鈴木の娘さんからですね」

「え？ 本当にハッピー鈴木の娘さんなの⁉」内田が副調整室を覗き込むと鈴木は不安げに首を傾《かし》げてる。

「ま、いいや、読みますよ。『オーストリアの自動ドアの音、ウィーン』」

「ウマイ！」鈴木がスピーカーを使って叫んでいる。うるさいってば。

「面白い。これいたるところで使えますね」内田、すごく受けてる。

「例えば？」安部が突っ込む。

「ドイツ人の里帰りはいつ？　ボン」

「じゃね、中国の鉛筆が折れたよ」安部が言いかけたところへ、

「ペキン！」また鈴木がスピーカーで割り込んでくる。今度は内田が、

「中国人の合図、いちにーのー」

「シャン、ハイ！」また鈴木割り込む。だから、うるさいでしょ。


〈ツァラトゥストラはかく語りき〉

〝ゆく週くる週〟のあと〝深夜の茶会〟


今週のお茶は卯藤園の〝プレミアム烏龍茶〟、来週からプレゼントも開始。一服できるようなホッとする葉書を募集。

そして〝深夜の句会〟。

「では私、東亜軟覚斎《なんかくさい》が選んだフツーの句は、千葉市堂垣内重晴《どうがきないしげはる》さん。『紅葉狩《もみじがり》家内に出張などと言い』」

「こっそり、そゆことしちゃいかんすよ」と安部。

「いえ大丈夫です。東亜寸極斎《すんごくさい》の選んだ明るい句は、多分その人の奥さん。千葉市の堂

垣内順子《じゅんこ》さん。『ポケットの紅葉でカラ出張がばれ』」一同大爆笑。

「ばれちゃってるよ旦那さん」安部が大笑い。へえ、ラジオをご夫婦で聴いてくださってるんだ。

「最後は東亜漆黒斎《しっこくさい》の暗い句です。『紅葉谷《こうよう》　底に横たう人の影』」

「よしなさいってば。怖わ暗ですよそれ」僕が言うと、

「むしろ事件ですね」と内田。

　生放送はあっという間だ。


　そして〝ラストレター〟。

「ペンネーム、星のしずくの弟子さんのラストレターです」

　ヨーヨー・マの美しいチェロが〈白鳥〉を奏で始める。

「往復葉書に写真付きで書いてくれました少し長いお葉書です。

『先月読まれたラストレターを覚えておられるでしょうか？　やんちゃで暴れん坊で嫌われっ子だった男の子のこと。北茨城市の星のしずくさんからのお葉書です。学校の臨時採用教員として教えていた時に、男の子が校庭の大きな銀杏の樹を紫色に塗った、という話です』

　もちろん覚えていますよ。先生から金メダルをプレゼントされた男の子のこと」

「覚えてますね。あれはいい葉書でしたね」

内田がしんみりと相づちを打つ。

「あの、これ、あとでお見せしますが、写真も付いています。読みます。

『あの時、先生から金メダルをもらった悪ガキが、僕です。ラジオを聴いていて跳び上がりました』」

僕、もう、涙がにじむ。

「え！」安部が思わず大声を上げる。

「これ、すごいね」内田が目を丸くして二の腕をさすっている。

「『思えば僕は、あの時生まれて初めて他の人に褒められたのです。それまではいつも、なにをやってもみんなに迷惑がられていました。だからみんなも僕が嫌いなように、僕も自分が嫌いでした。しかし、あの時、僕は変わったと思います。先生の手作りの金メダルが、僕の人生をいい意味で変えてくれました。

僕は今、一浪後に入った美術大学に通っています。将来は美術の先生になって、あの頃の僕のような子供に、先生のように金メダルを渡したいと思うのです。あの時もらった金メダルを首にかけて写真を撮り、早速、先生にも送りました。実は、あの金メダルは今も大切に僕の部屋に飾ってあります』」

しわくちゃの貧相な金メダルを首にかけて右手でVサインを出して笑っている大学生

の男の子の写真。

覗き込んだ内田も安部も、もう涙を拭っている。

「大切に持ってたんだね……」僕がそう呟くと内田が震える声で言った。

「人生を変えた金メダル、ですねえ」

大きく頷きながら突然安部が叫んだ。

「僕、この番組、好きだなあ！」

この晩、僕は恥ずかしいことに涙で言葉が詰まって、番組のお別れの挨拶すらちゃんとできなかったのだった。

20 母の恋文

「この、スペシャルオ×××ヤロー！」大越さんの怒声が響く。

大越さんが怒っている相手は電話の向こうの誰かで、初めは大越さんが珍しく低姿勢だったのに、何かの拍子に相手の物言いが彼の逆鱗《げきりん》に触れたらしく、急にそう怒鳴ったかと思うと、受話器を叩きつけるようにして一方的に切った。

それから自分の椅子に深く腰掛けると、口をとがらせてしばらく俯《うつむ》いていたが、思い出したように、「馬鹿ヤロ」と小声で呟いた。

禁止単語以外で相手を罵るのを初めて聞いた気がした。

驚いて大越さんを見つめていた制作の若いディレクター、吉住の視線に気づくと、ふいに照れた顔で、

「何だオ×××ヤロー」と、これも小声だった。

しかしあの下品単語だけ聞いていても、ああ、怒っているんだな、ああ、楽しそうだな、あ、寂しいのかな？　あ、嬉しいのかな？　と、声音だけで大越さんの心持ちが知れるのだから誠に言霊《ことだま》とは面白い。

そういえば子供の頃好きだった「ピングー」もそうだ。

言葉になっていなくても、不思議にちゃんと理解できたからピングー語は子供同士でちゃんと通じたものだ。

「言葉」は、無理に操《あやつ》ろうとすればするほど相手にはわかりにくいもののようだ。大人同士の会話が噛み合わない場合、原因の根本は案外そういうことなのかも知れない。

だけど大越さんとピングーが重なるとは思わなかったぞ。僕は飲みかけたコーヒーを噴き出しそうになった。

さて、十二月に入って現職都知事への不正献金疑惑が一気に燃えあがり、すでに〝現職辞任〟を前提に次の知事候補を探るという政界独特の生臭い風が吹き始めている。

一方、十二月第二週は聴取率調査。「サタデーナイト・レター」も二度目の審判を受

けることになる。

世間の耳目を集める訳ではないが、小さな僕には大きな試練だ。

十月に番組が始まって最初の聴取率は先月発表された。僕らの番組はやはり※だったが、それでもラジトー、ラジオフジに次ぐ僅差の3位で、数字的にほぼ横並びだったということがスタッフを勇気づけている。

本当のことを言うと、僕自身はそれほど聴取率に強い関心があった訳ではないけれど、こうして数字という形になってみると、それに振り回されさえしなければ、チームの意識や情熱を高めてゆくパワーに変換できる可能性がある、とも思う。

視聴覚教育という半死半生語を持ち出すまでもなく、我々の心根には「善きもの」に対する憧れがある。にもかかわらず数字でのみ評価を求める環境に長くいすぎることで「善きものとはなにか」という自身の客観性を見失い、迷い、疑い、あるいは開き直り、またふてくされることでいつの間にか目指す場所が「数字そのもの」に変質することがあるのかも知れない。

くわばらくわばら、と己を戒める。

金曜日の今日は葉書の粗《あら》選びの日。夜、例によって居酒屋ちょい都に集合した僕らはそんな話から、改めて誓いを新たにしていた。

「僕の考える昭和の心ってね、正義感だった気がするの」ハッピー鈴木が言う。

「正義感？　ですか」僕が聞くと、鈴木はもっと言うとね、と言った。

「少し偏《かたよ》った、だけどね。時代劇一つでもサ、勧善懲悪でネ、必ず悪は滅びるわけヨ。今みたいに『金は力。力は正義』っつう価値観は……どう言ったらいいのかな、日本人がＤＮＡに刻んできた生理とどっか合わない気がしないぃ？」

「ウマイね」田名網部長があとを受ける。

「あのさ、〝人に迷惑をかけるな〟なんて、学校で教える国は日本だけだって話を聞いたことがある」

「へえ」僕が驚いていると、

「マイケル・サンデルが問いかけてる流行の正義なんざ、この国じゃ千年も前に決着してるって俺、思ってる」

「ほほぉ、それ、面白い」と鈴木。

「『義』ってなぁ、己自身の心に恥じぬ正しい行いって意味だろ？　わざわざ『正』を付けるあたりがすでに怪しい。あっちの人たちゃさ、『己』じゃなくって『己の信じる神様』に対して恥じないか？　正しいか？　ってくるからウチらと違うのヨ。大体ジャスティスを『正義』って訳すのは正しいのかい？」と田名網。

今日の田名網はなんかすごい。

「じゃ、何て訳せばいいの？」鈴木がにやりと笑って聞く。

「さ、俺ぁネーティブじゃねぇから細かいニュアンスまではわからんよ。でも客観的には公正でしょ？　公平でしょ？　平等でしょ？　でも、その秤《はかり》を握ってるのは結局彼らの神様だな？」

「あ、なるほどねえ。じゃ、あれ？　日本の神様は八百万神《やおよろず》ってくらいだから、自分の『義』に合う、都合の良い神様を探し出しやすいってわけ？」と鈴木。

「おお、それは新しい見解だな」

田名網が噴き出す。

とても面白い対話だ。

「すごいなあ」と安部。

「まさか哲学宗教論になるとは想像できない前振りでしたね」

一同がどっと笑う。

「ごっこだよ、ごっこ」

田名網が少し照れている。

「フィンセント・ゴッコ」と鈴木。

「ゴッホね」と内田がちゃんと突っ込んであげてる。

「こういうこと言ってるうちが花ョ」

田名網がため息交じりに言う。

「僕たちはさ、酒飲みながら哲学宗教論ごっこをする最後の世代かもね」

鈴木が空になったビアジョッキを頭の上に持ち上げると、時子さんが、

「あいよぉ」と応える。

〝酒飲みながら哲学宗教論ごっこをする最後の世代〟って響きにぐっときた。

なんだか羨ましいような、悔しいような、そして己の幼さが悲しい、複雑な思い。

内田や安部は作家だからそんなことはないだろうけど、僕など、すっと置いていかれた感じの晩。

勉強しなくちゃ、と僕は日記に書いた。

＊

「世田谷区の萩原徹男《はぎわらてつお》さん。『先日、赤坂を歩いていたら屋上からロープ一本でぶら下がって窓拭きをする人がいました。高所恐怖症の私にはできない仕事です。風の強い日でしたので大丈夫かな？　と何気なく見ると、彼が今まさに拭いている五階の窓には、大きな文字で〝越智《おち》内科〟と書いてありました』」

「うまいですねえ。こういうのをオチが利いてると言うのでしょうか？」

内田の言葉に鈴木がウマイ‼　とトークバックで叫んでいる。

「続いて中野区の斉藤加奈子《さいとうかなこ》さん。

『先日、山代《やましろ》温泉に家族旅行をした時のこと。帰りの飛行機の出発二時間も前に空港に着き、時間が余ったので初めて安宅《あたか》の関に行き、住吉神社にお詣りしました。義経《よしつね》・弁慶《べんけい》・富樫《とがし》の三人の像の近くのビューテラスにゆくと、そこの付帯施設に〝勧《かん》進帳《じんちょう》ものがたり館〟というのがありました。

時間潰しもあり、閑散とした雰囲気で、もしかしたら誰も来ないのではないか、という同情も手伝って一人三百円を払って中に入ると、意外に私たちの他にも人がいるのに驚きました。三人ほどですが（笑）。

中身は主に歌舞伎や能、また文楽など古典芸能に描かれた〝安宅の関〟に関する説明で、十二分にまとめられた歌舞伎十八番〝勧進帳〟のビデオが見られます。

富樫は坂東三津五郎《ばんどうみつごろう》さん、弁慶がなんと十二世市川團十郎《いちかわだんじゅうろう》さんでした。こんなところで、思いがけず大好きだった團十郎さんに巡り合えてとても嬉しかったです』。へえ、安宅の関ですか」

「十二世紀の終わり頃、文治《ぶんじ》三年に安宅に関所があったかどうかは怪しいそうです」

内田がパソコンを覗き込んで言う。

「小松うどんというのが美味しいそうですね」

「どんなうどんなんでしょうね？」

「僕食べました」と脇から安部。

「美味しかったですよ」

「いや、美味しいまずいではなくて、どんなうどんかお尋ねしてるんです」

「美味しい……うどんでした」

「しょうがねえなあ」内田が笑う。

こうしてあちこちからの話題を寄せ鍋みたいに三人でつつくのがこの番組の個性なんだ、と気づいた時、ふとラジトーの虻田の顔が浮かぶ。僕の頭の中では、もう彼がぬらりひょんでなくなっているのに驚く。盛り上がってるだろうなラジトー。こちらは女っ気がないからなあ。

生放送は時間が過ぎるのが早い。

「新世界軽金属がお送りする三秒笑劇場です。荒川区の安田《やすだ》タモツさん。『先日父が呟いた。オリンピックって、元はギリシャの国体なんだろ？』（爆笑）。なるほど、そういう見方ありますか⁉」

「え――？　ギリシャ国体⁇」内田がものすごく笑っている。

「素晴らしい弁当箱差し上げます。さて次は世田谷区の新津晃《にいつあきら》さん。『先輩社員の石川《いしかわ》さんはすぐにボケて笑わせます。先日三浦半島の観音崎《かんのんざき》に出張した時、思いがけず時間が余ったのでせっかく来たのだから浦賀へ行ってみようと提案しました。〝先輩、ペリーが来た浦賀へ行きませんか〟。すると石川先輩は平然と答えました。〝でも、もう……

帰っちゃったんだろ？〟』」（大爆笑）

「すみません、三分笑劇場になってます？」と安部。

「三秒でお願いします」と内田。

「渋谷区幡ケ谷《はたがや》の狐《きつね》さん。『ポインセチアをもらったの、と母に電話したら怒られました。〝ウチは犬が飼えないの知ってるでしょ？〟おかあさん。ポメラニアンじゃないです』」（爆笑）

「練馬《ねりま》区の仮名亀井《かめい》さん。『先日見かけた近所のラーメン屋の壁の手書きメニューの一枚。〝チャハーン600円〟』」（大爆笑）

「モンゴル系な感じですね」と内田。

「茶めし、炒めますか？」と安部。

「羊肉、絶対入ってますね」と内田。

「征服されそうですね、メニューに」と安部。

「そういえば地方の居酒屋で『生ビルー』っての見たことありますね」と内田（さらに爆笑）。

「生ビルー⁉　生ぬるそうだなあ」と安部。

放送作家が食いつくモノは面白い。

ずっと止まらない感じ。

「ここまで拡がったので、今週のグランプリってことで仮名亀井さんに弁当箱プラス、簡単圧力鍋もお贈りしましょう」

僕らが楽しんでる。

田名網が、それで良い、と言ったのだ。

「俺たちに楽しくないモノは、他の人にも楽しいはずがないと信じないか？」と。

誠に生放送はあっという間だ。


「今週のラストレター」

最後のコーナーで僕がそう言うだけで、ふと雰囲気がなにやら改まる。

最後の一枚は今週寄せられた葉書の中でも最も印象的な葉書、と決めてあるからだ。

もちろんそれを決めるのは僕だが、みんな僕を信用してくれているようだ。

ヨーヨー・マのチェロがゆったりと流れる。僕の中で何かが引き締まる瞬間だ。

「今週のラストレターです。茨城県鹿嶋《かしま》市にお住まいの大沢武《おおさわたけし》さん七十三歳。往復葉書二枚にわたって細かい字で書いてくださいましたね。

『先月九十二歳で母が身罷《みまか》りました。

大正生まれですが、激動の昭和を生きた人です。

先の戦争で夫を亡くした時、母は二十四歳でしたが、以後、女手一つで私と弟の二人を育て上げるためにずっと働き続けた人でした。

子供の私が言うのもなんですが母は美人でしたので、親類から再婚話がいくつもあったようですが、一切耳を貸さず、毎日畑を耕し、毎日省線電車で東京まで出かけ、野菜の行商を続け、私たちが最高学府を出るまで育て上げてくれたのです。

元気な母は、ゆっくり老いてゆったりと亡くなりました。

母の部屋の整理をしていた私の息子が〝これ、なんだろう〟と封印されたまま麻紐《あさひも》で縛られた数通の古い手紙を見つけました。

シミだらけの封筒に宛名は書かれておらず、差出人のところにはすべて母の名前が書いてありました。

私は強く興味を引かれ、仏壇に供えて母に許しを請《こ》うてから、一人でそれらを開いて読んでみました。

それは母の書いた恋文でした。

私が少し荒れた思春期のこと、弟が喧嘩ばかりして問題児だったこと、野菜の行商に疲れ、生活も苦しかったその悩みを、母は切々と綴っていました。そして最後には必ず〝大丈夫、今でも貴方《あなた》を想っている〟と書いてありました。

おそらく母は誰かに恋をしており、生きる辛さを時折はき出すように、その人に手紙を書いたのでしょう。

しかしこの手紙は投函されなかった。なんという切ない恋だったのだろう。

この歳になってやっと理解できる当時の母の恋の切なさを思います。

私たち子供さえいなければ、母の人生はもう少し楽になっていたのだろう、と複雑な思いに涙が出ました。

でも翌日、改めてもう一度読み返した時に、私は首を捻《ひね》りました。

どれほど好きな人だったとしても、他人に自分の子供のことをこれほど率直に相談するでしょうか？

生活苦について正直に打ち明けることができるのでしょうか？

〝今でも貴方を想っている〟という言い回しはすでに終わった恋としか思えない。

そうしてある結論が出ました。

もしかしたらこれは、母が父に宛てた恋文なのではないか、と。

辛い時にこっそり母は父に相談をしたのではないのか、と。

こんなふうに、ある女性がひっそりと生き、ひっそりと亡くなったことを誰かに話したかったのです。寺ちゃん、聞いてくれてありがとう』」

昭和を生き抜いた見知らぬ女性。

こんな人は、おそらくもっともっとたくさんいた筈だと思う。

僕らの時代はどうか？

戦争でなくとも家族を置いて亡くなる若い命ならいくらもある。

では、例えば不意にいなくなったとして、心を残した女性に、これほどの人生を送らせるだけの価値が僕にあるのだろうか。

重たい「母の恋文」だった。

21 四谷三丁目の奇跡

十一月頃から町は電飾に彩られていたけど、十二月に入るとクリスマスがものすごい勢いで迫ってくる気がするのは僕だけだろうか。

金曜日に葉書の粗選びをして、そのままの流れで居酒屋ちょい都へ繰り出す。

ちょい都には一切クリスマス・カラーはない。

「だって俺んち浄土真宗だもの」とマスターが笑わせるが、それでもさすがに来週がイブ、となれば時子さんが黙っちゃいない。今日から入り口の脇に小さなクリスマスツリーが飾られ、五色のＬＥＤ電飾がチカチカと輝いてる。

このところお客さんが多い、いわゆる忘年会シーズンだから、と金曜日は奥の小上がりのテーブルにはマスターがボール紙に自分で書いた金釘《かなくぎ》文字の「予約席」というボードが立ててある。僕らのためだ。

「先週の……お母さんの恋文が良かったね」と内田が言った。

「僕はすぐ、ああ、お父さん宛てだな、と思った」と安部。

「葉書の質サ、自然と、どんどん良くなってるよネ」とハッピー鈴木。

ビールは美味しいけど、身体が冷える季節になった。鍋と熱燗の季節だ。

「どうだ、テラ。やってるか？」

不意にふらり、と駒井局長が店に現れ、僕の隣に座り込んだかと思うと、どん、と強く僕の肩を叩いた。

業界には多い挨拶なんだけど、何を、どう〝やってる〟のかわからず、

「あ、はい」と曖昧な返事をする。

「今日さ、あとで大越さんここへ来る」と、思い出したように鈴木。

「大越さん、来るんすか？」

内田が笑顔になる。

「ああ。会社でそんな話してたな。ここで小牧と飲むんだとよ」

駒井はそう言うともう一度、どん、と僕の背中を叩き、

「先週聴いてたが、あれでいい。面白ぇよ。あっという間に終わるからな。あの、ラジトーのチャラチャラしたのは俺らには頭痛いし、ラジオフジなんか英語と洋楽だらけで

かっこはいいが昔のFEN聴いてるみてえだ。ま、あんなのに負けるなら、世の中が悪い、ということにしよう」と言った。

「エライっ!!」鈴木が拍手をする。

「いや、これ、意外に本気なんだ」駒井が田名網部長と鈴木相手に番組の感想を述べ始めた。

盛り上がる前に用を足そうと思って僕が手洗いに立ったら、マスターと時子さんがそっと擦り寄ってきて、小声で話しかけてきた。

「寺ちゃん。例の数字が良くなってきたんだよ」

「え⁉ 本当？」

「そうなのよぉ。ひょっとしたらひょっとするかもって、先生も急に明るくなっちゃってぇ」と時子さん。

「何。まあだ、どうなるか知れたもんじゃないけどね」とマスター。

「いや、大丈夫ですよ！ だって……効かないなら数字が動く筈ないですもん」

「そうなのよ、先生がさ、同じこと言うんだよな」

「でしょう？ 僕、すごく嬉しい！」

「寺ちゃんには心配かけて……。頑張るからね」時子さんがそっと両手を合わせながらそう言う。

その時だった。

「よお、満場のオ×××ヤロー諸君。待たせたな！」

大越さんが大きな身体と大きな声で入って来た。

「待ってない、待ってない」田名網が小上がりから顔を出して苦笑しながら追い払う手つきをする。

「おかえり〜」

時子さんが明るい声でそう応えたかと思うと、スルリとカウンターの中に入ってホッピーを抜いてる。

その時だった。

「あーら大歓迎かと思ったらお邪魔だなんて、どちらの腐った殿方が仰ったのかしら」

大越さんの後ろから小牧雅子姐がわざとらしく顎をしゃくりながらモンローウォークでやってきて立ち止まり、両手を腰に当て、片方の眉をつり上げて田名網を見下ろした。

「おいおい、おまえさんに言ったんじゃないぜ。そこの魔神ガロンに言ったのよ」と田名網。

「魔神ガロン！　懐かしいなぁ、おい」

妙なところで駒井局長が食いつく。

「何？　それ？」小牧姐、靴を脱いで上がり込み、駒井の隣にずんと座る。

「手塚治虫《てづかおさむ》だよぉ。俺らの子供の頃の漫画のキャラだよ」

「途中から他のアシスタントが描いたやつでしょ」と鈴木。

「それ知ってるヤツぁ、通だな」

駒井が膝を打って笑う。

「子供心に絵が変わったってわかったもんねえ」駒井、嬉しそうだ。

「ね？　ガロンでしょ？」と田名網。

「うん。ガロンだ」と鈴木。

駒井と田名網と鈴木が大越さんを見上げて改めて大笑いをしてる。

大越さんは不機嫌そうに眉間に皺を寄せ、怒鳴るように言った。

「上がっていいのか！」

慌てて僕が立とうとするのを小牧姐が止め、自分の隣の座布団を掌でトントン、と叩いた。

「ゴアはここ」

あ、小牧姐にはガロンじゃなくてゴアなんだ。

「わかった」大越さんたら、急に優しい笑顔になる。

「月に一度のゴアとのデート。何だかねえ……このところ、ここに収まってるけど」と小牧姐。

それから振り返って僕に言った。

「おめでとう！」

「な？　何がおめでたいんですか？」

「わたくし先週土曜日の晩、三局とも同時チェックしてたの」

小牧姐が澄まして言う。

「ウチのがいちばん面白かった。つまり寺島君のサタデーナイト・レターがね。だからおめでとうって言ってるの。勝ったわよ。信じなさい」

「いや、あの……」僕が言いかけると、

「シャット・アップ。聞きなさい。あたしは断言する。あなたの勝ちです」それから右手を挙げ、生ビールお願い、と叫んだ。

「あいよぉ」時子さんはすでにビールを注いで脇に立っていた。

「さーすが姉さん」小牧姐が頷く。

「あ、おめでとうで思い出した」

そう言うと小牧姐は勝手にかんぱーい、と叫んで一息に半分ほどビールを空け、携帯電話（もちろんガラケー）を取り出し、大越さんにウィンクしながら靴をはき直し、誰かと話しながら外へ出て行く。

「小牧の評価はほとんど当たる」

駒井がにやり、と笑った。

「ほお、そうなのか？」と大越さん。

「あいつ、そのへんは確か。こりゃ聴取率、楽しみだな」と駒井。

何だか、久しぶりにみんなが顔を合わせてゆっくり飲む感じ。

先週、聴取率調査が終わった安心もあるけれど、そろそろ僕たち自身があの番組の流れに慣れてきたことは大きいと思う。

「テラ、祢津や外谷から聞いたか？」

駒井が思い出したようにそう言った。

「何のことですか？」

「お線香の『日本香院《こういん》』が深夜の句会のスポンサーについてくれそうだって話よ」

「え？　大会社じゃないですか！」

「おおよ。会社は大喜びだぜ」

「それ、決まるといいですねえ」

「うん。俺にも想定外の展開だぜ」

そう言いながら今夜の駒井は終始ご機嫌だ。

小牧姐が電話を畳みながら戻り、大越さんの隣に座ると、すぐにビアジョッキを空け、
姉さーん、ビール、と叫んだ。

「葛城小百合と大野東子が来るわ」

「は？」僕が目を白黒させていると、

「一緒に飲みたいって言ってたの。……寺島君とね」

「ぼ、僕とですか？」

「なんか、クリスマスイブにやるパーティーのことで頼みがあるみたい」

「ぼ、僕にですか」

ヒューヒュー、と一斉にみんなが僕を冷やかす。

「はーるがきーたーはーるがきーたーボークーにーきたー」鈴木が僕をからかって朗々と歌う。案外いい声だ。

大越さんまでニヤニヤと笑っているじゃないか。

「クリスマスパーティー」なんて、僕は一度も経験したことがないということに改めて気づく。

「クリスマスイブにやるパーティーのことで頼み？？？」

果たして憧れの葛城さんは僕如きになんの頼みをしようというのだろうか？　前頭葉の両脇のあたりがくらくらして攣《つ》りそうになってる。

いったい、僕の身に、今、何が起きようとしているのだろう。

思えば初夏のあの日の、大越さんからの強烈な檄につき動かされて以来、僕の人生は自分の想像を超えて、大きく、大きく変化したと思う。

僕はアナウンス部に属するただのサラリーマンアナウンサーに過ぎない。

会社の指示に従って、イベントの前説、司会、バラエティのコーナー担当、定時のニュースとなんでもやってきたつもりだけど、自分が看板の番組を持つなんてことは考えたこともなかったし、できると思ってもいなかった。

ところが、大越さんのあの一言から僕は明らかに不思議なマジカル・ミステリー・ツアーに巻き込まれている。

不思議の国にアリスを誘い込んだのは確かウサギだったが、大越さんは、何一つ特別な力を持たない凡人の僕に、あの日なんらかの術を使い、不思議な世界に追い込んだ魔法使いかも知れない。

大越さん似合うなぁ、魔法使い。

おお、思えばそうか、あの下品単語は魔法使いの呪文だったのか⁉

いや、それなら例えばビビディ・バビディ・ブー、とか、ひらけゴマ、また、スーパーカリフラジリスティックエクスピアリドーシャスなど色々あるじゃない？

ま、現実的なところだと、いっそノーマクサンマンダーとかナマンダブだっていいじゃないかと思うのに、よりによってあのストレートすぎる下品な呪文はどうなんだろう？

大きくため息をついて大越さんを見ると、本人は小牧姐の魔法にかかってへらへらと笑っているばかりだ。

なんだか体中の力が抜けていく。

そこへ入り口から小百合さんが入ってくる姿が見えた。

あ、今日は長い髪を頭の後ろにぐっと上げるように編み込んで、スポーティだなあ。

すぐに気づいた小牧姐が手を挙げてこここ、と呼んだ。


クリスマスイブの晩、ホテルニューオータニで参加者が五十人ほどの小さな立食パーティーがある。何でも若い歯科医師のグループが主催するパーティーだそうで、参加者へのプレゼントの賞品や景品も様々に集まっているそうだ。

三井社長人脈からのつながりのようだが、葛城さんと大野さんの二人は、パーティーのホステスの一員として参加することになっている。で、僕にそのパーティーの司会と盛り上げを頼みたい、というのだ。

「万が一ご都合がよろしければ……」

葛城小百合さんの言葉に脇から鈴木が返事をする。

「オッケーですオッケーです。ボクちゃんにはイブの予定などぜーんぜん入っていません。火曜日の夕刻？　定時ニュースは他のアナに差し替えます。何時頃？　六時頃？

ろくじごろー、私鉄沿線って……知りませんよねえ。あははは」

「言い古されたギャグだな」と駒井。

「そうなんですか？」と内田。

面白いと思いましたけど」

「若いなあ。昭和世代には
「僕、それ聞いたことありますよ。昔何かの企画でやった『ゴルフ場で最も使われる駄洒落』の中に入ってました。『樹の下藤吉郎《とうきちろう》』とか、『山本力《やまもとりき》んだ』とかね」と安部。

「あ、それ面白いねえ」

内田が食いついている。

「あとね、笑ったのは『おくりびと』」

「どういう意味だ？」と駒井。

「パットのヘタな人のこと。ノー感じ」と安部。

「ウマイ！　納棺師」鈴木がこちらに食いつく。隙がない。偉い。

放送作家という人々は本当に妙なところを面白がるんだな。

「なんなら、あたしと二人でやろうか？」

小牧姐が急にすごいことを言う。

「ううん、雅姉《まさねえ》には頼めないの。ギャラって言えるような予算がないの」

申し訳なさそうに僕の方を見ながら小百合さんが言う。

小百合さん、僕でしたらタダでオッケーですよ。クリスマスイブを一緒に過ごせるんですから。むしろいくらか払いたいくらいですよ、と胸の内に呟く。

「ああら、寺島君ならタダでもいい筈よぉ。むしろギャラ払いたいくらいじゃない？ね⁉」

あ、完全に小牧姐に鼻毛読まれてる。

「あ、……はぁい」情けない返事。

「あたしなら偶然、奇跡的に、今年のその日は空いてますから、美味しいワインさえあるのであれば個人的な参加ってことでいいでしょ？　ショクナイじゃないしね？　駒さん」

「ま、そゆことだな」と駒井。

「ね。ノーギャラでオッケー」

「決まりだぁ」小百合さんと東子さん嬉しそうにはしゃぐ。

「な、なーにが奇跡的に空いてるだあ。腐れオ×××。おめえなんか男旱《ひでり》で日傘欲しいくれぇだろが」

大越さんが脇から、がははは、と笑いながらものすごいことを言う。

「シャット・アップ。イン×爺《じじい》」小牧姐が大越さんを睨む。

「あたしと寺島君とで盛り上げてあげるわよノーギャラで。その代わり飲ませなさい！」

「わかりました‼　雅姉大好き‼」

小百合さんと小牧姐がハグしてる。

「はーるがきーたーはーるがきーたーボークーにーきたー」

鈴木が囃《はや》し立てる。

つまりこういうことだ。

僕は今年のクリスマスイブを小百合さんと一緒に過ごせるってこと？

あ、小牧姐も一緒だけど？

何だか不整脈が起きるような事態になっちゃったぞ。

「寺島君、大丈夫？」内田が訊く。

僕、真っ青になっているらしい。

降って湧いた幸せ。

神様っているかも知れない。

四谷三丁目の奇跡だ。

「俺も行く」魔法使いが言う。

「却下」小牧姐、最強。

22　歯医者復活戦

「深夜の句会！　今週から日本香院の提供でお届けします。採用された方には日本香院から〝たしなみ香〟セットをお贈りします。これすごいですよ、小さな袋が七種類入ってます。伽羅《きやら》、沈香《じんこう》、白檀《びやくだん》を始めとする香りは身につけた人のイメージを優しく伝えてくれますし、自分の心を静めるアロマ効果もあります。名刺入れに忍ばせると、中々おしゃれなアピールになりますね。

ではまずは四谷若葉流宗匠、私、東亜軟覚斎《なんかくさい》の選んだフツーの句です。千葉市、堂垣内重晴さん。あ、前に奥さんと俳句で言い合ってた方ですね（笑）。

『亡き妻に　見せたし秋の　八幡平《はちまんたい》』。え？　奥さんから葉書来てましたけど？」

「はい。では続いて私、東亜寸極斎《すんごくさい》の選んだかーるい句です。その奥さん、千葉市、堂垣内順子さん。何が亡き妻だよ！（大爆笑）

『夫《つま》帰る　目出度《めでた》くもあり　目出度くも無し』。うまいねえ。サラリーマンはほぼ毎日帰って来ますからね」

「電波使って喧嘩しないでくださいね」と僕。

「帰って来なきゃ来ないで案外嬉しいですよ」と安部。もうすっかり暗いキャラができてる。

「では最後に私、東亜漆黒斎《しっこくさい》の選んだ、暗い句です。『秋の夜の長々し夜の余の与野市』」(爆笑)

「くっだらねー」内田のツボに入ったようだ。笑い転げてる。

「与野だけ長くないって、秋の夜」

「ま、確かになんだか、よのよの言ってますね。俳句になってない。でもこれでも差し上げます、たしなみ香セット。ああ、もったいない」

安部が呟いてる。

「じゃ選ぶなよ!」内田が突っ込みながらまだ笑っている。

「東京都目黒区の〝全国飲み助会・会長会・会長〟さん、五十歳。お酒の強そうなペンネームですね。『もうすぐクリスマスですね。私の実家は神社です。もう亡くなりましたが、私の父はかなり厳格な神主でした。友だちがクリスマスプレゼントに何をもらった、という話をしているのが羨《うらや》ましく、どうしてうちにはサンタクロースが来ないのか? と聞いたことがあります。父は澄まして〈あいつは、物欲を育てる悪い奴だから、お前の人生のために、節分の時みたいに毎年俺が玄関で追い払ってやっているんだ〉と答えました。

まるで鬼扱いです（笑）。

大人になれば父の言い訳が可笑《おか》しくもあり、なるほどな、と思わないでもないですが、子供の頃にはひどく寂しい思いをしました。

そうしたら、驚いたことに翌年、僕にもサンタクロースが来ました。欲しかった野球のグラブでしたが、子供心になぜ髙島屋の包装なのか不思議だったのを覚えています。

〈しょうがねえなあ。お前、そんなに良い子だったかなあ〉と言いながら父は少し嬉しそうでした。おそらく母が説得してくれたのだと思います』。お母さんの気持ち、伝わって来ますね」

「〃あいつは物欲を育てる悪い奴だ〃ってのも無茶苦茶な言い方ですけど、どこかはっとさせられるものがありますねえ」と安部が頷く。

「髙島屋ってのが笑えますねえ。子供を侮《あなど》っちゃいけません」と内田。

「次のお葉書です。斉藤《さいとう》さとるさんは長野県岡谷《おかや》市の方。

『まもなくソチ五輪ですね。父の時代には諏訪《すわ》湖は毎冬完全氷結し、僕らの世代には考えられないことですが、父は岡谷から諏訪までスケートで通学していたそうです。

気温がマイナス二〇度なんて普通だったとも言います。氷はデコボコで滑りにくかったそうですが、父などわざわざ足袋《たび》に下駄スケートで通学して粋がっていたそうです。

氷が割れて命を失うような事故もあったそうです。それで父がいつも言っていたのは氷が割れて水に落ちたら割れた部分は光がないから暗く見える。暗い方へ上がってゆかないと死ぬぞ、パッと明るい方へ上がっていくな、それは光った氷の壁だ、と。もっとも自分では落ちたことはないそうなので本当かどうかは知りません』。怖い話ですね」「なるほどねえ。氷は光を通しますから水の中から見たら明るく光って見えるんですね」と安部。

「もっとも、冬に北氷洋《ほっぴょうよう》の海に落ちたら二秒で命を失うそうです」と安部。

「え？　たった二秒で？」と僕。

「一気に凍るので低体温症でまず助からないそうです」安部が解説する。

「命懸けだからエビ・カニが高いのもしょうがないのね」と内田。

「値段の話ではないです。命の話です」安部が呆れてる。


そして、〝ラストレター〟。

「『もうすぐクリスマスですね』と仰るのは豊島《としま》区の樺島高志《かばしまたかし》さん。

『クリスマスになると思い出す出来事があります。もう亡くなった私の父と、私の息子（当時五歳）の会話です。聞くとはなしに聞こえてきた二人の会話。その頃息子はどうやらサンタクロースの存在を疑っていたようで、おじいちゃんなら本当のことを教えてくれると思ったのでしょう。

〈おじいちゃん、サンタクロースって本当にいるの？〉ずばりと聞かれ、父は親の私たちがどういうふうに説明しているのかわからず、一瞬困ったようで、私の顔をちらりと見たあと、はぐらかすようにこんなことを言ったのです。〈うーん……昔はねえ……その辺にたくさんいたんだけどねえ……〉（大爆笑）

息子は私の父に懐《なつ》いており、何でもすぐに聞きにいくのですが、あるときこんな会話が聞こえてきました。

〈人間は死ぬとどうなるの？〉

父がなんと答えるのか私は一瞬どきっとしましたが、父は、

〈うーん、死んだあとでもねえ、家族のそばにいてみんなを守ってるんだけど、見えないだけなんだよ〉

息子はそのあと、しばらく何か考えていましたが今度は、

〈おじいちゃんも死ぬの？〉

と聞きました。

〈まあ、大体、歳の順番なんだよ〉

父はそう答えました。

少ししたら涙声で息子が言いました。

〈おじいちゃん。死んでも僕のこと忘れないでね〉

思わず、私も息が止まりそうでした。

〈ああ……忘れないよ、忘れないよ〉

そう答えながら父はこっそり涙を拭っていました。父はきっと今も、約束通り、忘れずに、息子や家族を守ってくれているのでしょう』」

どこにでもある小さな生命、ささやかな人生。誰かに伝えたい、大切な人の言葉。

そう、僕らはそれを伝えたくてこの番組を始めたのだ。

「番組中、どんなにはしゃいでも、くだらないことを言ってもいい。ただ最後の葉書だけはその週、お前がいちばん心に残った葉書を読んでくれ」という、大越さんのあの一言がずっと僕の胸の中で鳴っている。

大越さんの本当の心の中をほんの一瞬だけ見せてくれたのが、あの言葉なのかも知れない。

＊

クリスマスイブ前日の二十三日午後6時半、翌日のパーティーの打ち合わせのために僕は小牧雅子姐と連れだって会社を出て、ホテルニューオータニの喫茶へ出かけた。

本館二階のコーヒーショップ〝ＳＡＴＳＵＫＩ〟に入って行くと、先に来ていた葛城さんと大野さんが奥の方でこちらへ向かって手を振った。

　向かい合って座っていた二人の男性が立ち上がって振り返り、にこやかに会釈をして小牧姐と僕を迎えた。

　合計六人になるので、小牧姐に奥の席を勧め、僕は先にいた男性たちと並んで座る。男性と女性が三人ずつ向かい合う。

「やっぱりなんか変よ」小牧姐が噴き出す。

「寺島君、あなたこちら側でしょ？」

「ですね。失礼しました」

　小百合さんがさっと立ち上がって僕と入れ替わり、僕と向かい合う席に座った。

「ご紹介します」小百合さんは改まって二人の男性を紹介した。

「こちら、東京歯科病院の石原《いしはら》先生、お隣が日本歯科病院の阪本《さかもと》先生です」

　名刺など慌ただしく交換したあと、小牧姐が聞いた。

「どういうお友だち？」

「三井社長がいつも石原先生にお世話になっていて……それで明日、お手伝いすることになったの」

　小百合さん、今日は一段と美人だな。

「こちらに式次第っていうか、進行表を用意しました」

小百合さんが僕と小牧妲にファイルに挟んだ資料を差し出す。

一枚目は表紙で、『平成二十五年青歯《あおば》同友会クリスマスパーティー』と書いてある。

二ページ目が式次第。

会長挨拶に始まって、来賓挨拶、鏡開き、乾杯、アトラクション、ジャンケン大会、ビンゴゲームなどあって約二時間半でお開きの様子。三枚目の紙にはそれぞれ関係者の名前と連絡先。四枚目の紙には集めた景品や賞品がぎっしりと記載されているが、多くは薬品会社や医療機械関連の会社からの提供のようで、結構、豪華な景品が並んでいる。

打ち合わせは小牧妲が仕切って、三十分足らずで終了。

結局、僕はほとんど相づちを打っていただけで、全部小牧妲がまとめてしまった。

「青歯同友会の青歯って何だかわかります?」小百合さんが僕に聞く。

「若い歯科医って意味でしょうか?」

「Bluetooth のことですって。接続しなくてもつながってるっていう仲間の友情を示すんだそうです」

「あら、洒落てること」小牧妲が笑う。

「そうですよね、Bluetooth って、直訳すれば青歯ですもんね。歯科医師の親睦会にはもってこいの名前ですねえ」思わずヨイショしてる自分が笑える。

「では明日、5時過ぎには参ります。何か変更などございましたら、その時に伺えたら結構ですので。では寺島君、失礼しましょう」

小牧姐、にこやかに挨拶なんかして、僕に目で立ちなさい、と合図。あれれ？　小牧姐、なんかさっぱりしてるっつうか、素っ気ないぞ。

「あ、はい」

ホントにこのまま帰るのかな？

「え？　このあと、お食事ご用意してるんですけど」葛城さん、少し困った顔だ。

「と－んでもない。明日パーティーが上手くいったら、そこのバーでワインでも頂戴するわ。明日頑張るからね、じゃあね」

歯科医師の二人が立ち上がって見送る。さっさと歩いていく小牧姐のあとを追うようについて歩く僕のみっともないこと。

小牧姐、二階の正面玄関からタクシーに乗らず、坂道をずんずん歩く。

僕も黙ってついていく。

すると紀尾井ホールの前で、ホテルから出てきた空車のタクシーを拾って、先にお乗りなさい、と言った。

「近いけど、新宿通りで四谷三丁目までお願いします」と言った。

「これからどうされますか？」僕が聞くと、あたりまえじゃないの、といった顔で、

「ちょい都行くわよ」と答えた。

「今日やってますかね？　天皇誕生日ですよ？」

「年内無休」

「あ、そうか。なんで玄関でタクシーに乗らなかったんですか」

「あなたね、歩いたって行ける距離なのよ。たかがワンメーターなのに、ホテルの客待ちで二時間も並んでるタクシーに失礼でしょう？」

「小牧雅子さん？」

不意に年配の運転手が聞いた。

「あ、はい」

「やっぱりそうか。いつも東亜放送聴いてますんで、お声ですぐわかりました。いやあ、有り難いなあ。小牧さんのような配慮をしてくださる方、少なくなりました。私たちは近くても決して嫌な顔をしないというのは鉄則なんですが、中には露骨な顔をする運転手もいるもので、かえってお気を遣わせました」

「あ、いえいえ、二時間待たせて結果七百十円では悪いものねえ」

なるほど大人だなあ。

「最近は運転手もお客さんもすっかり変わりました。交差点でも平気で手を挙げられますし、車の方はどこでも平気で乗せますしねえ」

「自己チューばかりですからね」小牧姐、少し機嫌が悪いのかな？

「勉強になります」僕が言うと運転手さん、信号停止の時振り返って、「やっぱり寺ちゃん？　土曜日楽しみに聴いてますよ。ナイト・レター、いいねえ」

「ね？」小牧姐がにっこり笑う。

「運転手さん、何より嬉しいわ。これからも東亜放送、よろしくお願いします」

小牧姐、降り際に千円札を渡すと、

「それでいいですよ〜」と振り返りもしない。

格好いいなあ。

一方、運転手さんの差し出す領収書を受け取ってる僕って……。

「さて」ビールで乾杯すると、小牧姐がじっと僕の顔を見た。

「あなた、あきらめるの？」

「へ？　何をですか？」

「葛城小百合のことよ」

「な、何でですか？」

「気づかなかった？　今日の歯医者にすでにホの字よ」

「え!!　どっち!?」

「だからあなた、駄目なのよ。背の高い方、小百合の隣にいた方」

「ああ、なるほど」

「なるほど、じゃないでしょうが！　リーマンアナと歯医者よ。私が小百合の母親でも歯医者の方勧めるわよ」

「あ、やっぱり」

「頼りないわねえ。あきらめられなきゃ、今こそ闘え！　よ。ひょっとして間に合うかも知れないじゃない」

「はあ……」

「あなた、すでに負けてるのよ……ここから盛り返すのは大変よ」

僕に何をしろというのかしらん？

小牧姐はビールをぐっと喉に流してふうっとため息をつき、

「ハイシャ復活戦よ！　どうするんだ、おい！　寺島!!」小牧姐、中指を立ててる。

やめなさいってば、その指。

23　完敗

葛城小百合さんと大野東子さんに頼まれて、クリスマスイブの歯医者さんのパーティーの司会を引き受けたが、小牧雅子姐の応援もあって、無事にお役目を果たすことができた。

パーティーがお開きになったあと、小牧姐と僕は五人ほどの幹事の歯医者さんが主催する打ち上げに参加した。

ホテルのバーで行われた二次会には、もちろん小百合さんと東子さん、それに綺麗な女医さんが二人加わり、僕を入れて十一人になった。

会費が余った際の幹事の〝余禄〟だそうで、小牧姐の説明によれば「最上位」のシャンパン、ドン・ペリニヨンが二本抜かれ、その後アメリカワインでは「最高位」のオーパスワンが二本抜かれた。

「ここまでで五十万よ。銀座ならね。ホテルのバーはぐっと割安だけど。ノーギャラで引き受けた私が悲しい」

小牧姐が澄ました顔で僕の耳元にそう囁いた。

僕らの前で甲斐甲斐しくホステスを務める小百合さんや東子さんの姿を、僕は借りてきた猫のように小さくなって見つめていた。

時々女医さんから僕らの仕事のことなど尋ねられたりしたが、全部小牧姐がてきぱきと答える。

実を言えばせっかくの有名なお酒がどこに入ったのかわからないまま、二次会はお開きになった。引き留める小百合さんや東子さんを笑顔で制して、小牧姐は僕に目で〝ついておいで〟と合図をした。

今日はホテルの正面玄関へ出ず、アーケード階を紀尾井坂へ抜け、通りがかったタクシーを拾った。


「わかったでしょ？」

今夜は居酒屋ちょい都のカウンターに二人で並ぶと、小牧姐は責めるように僕を見た。

「あの背の高い、いい男の方の歯医者に小百合、ホの字じゃないの」

「そ、そうですか？」

「だからあなたは駄目なのよ。あの背の高い、いい男の歯医者にうっとりだったじゃない、小百合」

「社長の主治医なんでしょう？」

「主治医だろうがじじいだろうが関係ないわよ。あの背の高い、いい男の方の歯医者に持ってかれてるわよ」

「そんなに何度も『背の高い、いい男の』って言わないでくださいよ。自分が惨《みじ》めになるじゃありませんか」僕がそう言うと、

「あら、だって背が高くていい男の歯医者なんだもの」

小牧姐はそう呟いてしばらく黙り込んだ。

時子さんがそっと二杯目のビールをカウンターに置く。

「あなた、小百合に自分の気持ちを遠回しでも、伝えたことはあるの？」

小牧姐が急に聞いた。

「そんなこと、無理です無理です」

僕が首を振るとまたしばらく考え込んだ。

「大根が旨い季節だからさ、牛すじと煮込んだの。これ、食べてみてよ」

マスターが、気を遣いながらやってくると、カウンターに大ぶりの皿を置いた。

「ありがとう」

どこか上の空の返事をして、小牧姐、深刻に考え込んでいる。

牛すじ、柔らかい。大根、美味しい。ああ、大ぶりに輪切りにした大根に昆布と鰹《かつお》の品の良いお出汁《だし》がじっくり染みて、ホントに旨い。

身体が温まってくると、熱燗でもいただきたくなってくる。

「熱燗ください」

「あなた」小牧姐が呆れた顔で僕へ向き直った。

「よくその……暢気な顔で……お大根なんか食べて……熱燗……なんて言ってられるわね！　小百合が……あの背の高い、いい男の歯医者に持っていかれてもかまわないの？　ヘタレ」

そう言ってしばらくまた黙り込む。

そりゃあもちろん僕だって、葛城小百合さんへの想いはあるけど、冷静に自分の立場だとか、現場の仕事を思えば、今、僕は愛の恋のと言っている状況にはないということだってよくわかっている。

ましてや敵が背の高い、いい男の、しかも歯医者とくればどう闘えと言うんですか、辛いのは僕ですよう、と胸の中で口をとがらせる。

しばらくの間じっと僕の顔を見つめていた小牧姐は、一瞬ふと天井を仰ぐように見つめて何かを考えていたが、

「よし。今夜は飲むか!」

不意に明るい声でそう言うと、僕の背中をどん、と叩いて優しい笑顔になった。

あ、あきらめられた、とその時思った。小牧姐、口にこそ出さなかったけど、あんたのヤケ酒につきあったげる、といった面持ちになった。なんだかどんっ、と幕が下りた、そんな切ない想いにぐっと胸が詰まる。

お陰で、なんだかわからないほど、この晩、僕も小牧姐もしたたかに飲んだ。

あとでマスターから聞いたら、この晩は二人で、

「背の高い、いい男の方の歯医者にかんぱーい」と叫んでいたそうな。

「ありゃあ乾杯じゃなくて負けた方の完敗だったんだな」

マスターがあとになって痛そうな笑顔で寂しげにそう言った。

＊

「下から読んでも市川市・六十歳さんからのお葉書。

『昔の公衆電話は都内同士なら何時間でも10円でした』

へえ、そうだったんですかぁ⁉

『高校時代好きだった女の子が錦糸《きんし》町に住んでいたので、僕は総武線市川駅から定期券で隣の小岩へ行き、毎晩、人気のない公衆電話を選んで、時には二時間以上も話をしました。それほど長い時間、いったいなんの話をしたのかは余り覚えていませんが、とにかく、すごく幸せでした。

僕の青春時代、10円玉は魔法のコインだったのです。それからすぐに魔法は解かれ、三分で無粋なブザー音が鳴るようになり、彼女も魔法が解けて、僕の恋は終わりました』。ああ、切ないですが美しいですねえ」

僕がため息をつくと内田が頷いた。

「ふうん、魔法のコインかあ、確かに何時間でも10円で話せるってのは、まさに魔法のコインですね」

「長話するヤツがいて迷惑したんだよ、公衆電話少なかったしさ」

いきなりハッピー鈴木がスピーカー・トークバックで割り込んでくる。もちろん電波に乗ってる。

「こっち来て喋ったらどうですか？」

僕が振ったら、なるほど、とか言ってスタジオに入ってきて僕の隣でマイクをオンにして説明する。

「実際、都内同士はね、何時間でも10円だったのね。帰宅時間帯なんかね、駅じゃ、ものすごくたくさんの人が電話ボックスに並んだもんですよ」

「へえ、今では考えられない光景ですね」と内田。

「三分10円にしたのも、長電話防止策って噂もあったのよ」

それだけ言うと鈴木はまた副調整室へ戻っていく。

「ふうん。魔法のコインか、いい言葉だなあ。ゆったりした時代だったんですね、昭和って」思わずため息。

「小岩まで行って電話ですか？　錦糸町まですぐなのに会いに行けないあたりが昭和の青春ですねえ」と安部。

「今では公衆電話、探すのが大変ですよね」と僕。

「電話ボックスそのものが、半死半生ですよね」内田が乗っかる。

「はい、次のお葉書です、勝ってくるぞと板橋区さん。

『僕は偏食家です。生ものはほとんど食べられません。肉も鶏以外駄目です。じゃあ、何を食べているかというと、ほとんど大豆です。

豆腐、納豆、味噌、醬油ですから大豆だらけ。お豆腐に油揚げの味噌汁に冷や奴、納豆に塩鮭、梅干し、漬物、海苔、目玉焼きで三食オッケーです。ビールのつまみも枝豆。

仲間と焼き肉屋さんなどでの食事会に行くと、ほとんど食べるものがありませんが、偏食といわれるのが悔しいので、最近では宗教上の理由、と胸張って断ります。

みんな、え、イスラム？　と驚きますが、牛を食べないのはヒンズーです（笑）』。なるほど、宗教上の理由って言われたらみんな黙りますね」

「少し塩気が強いけど、栄養的にオッケーじゃないすかね、このメニュー。僕も割と朝食メニューで三食いける方ですね」と安部。

「いや、日本人なら、ほとんど朝食メニューでいけるんじゃないですかね」と内田。

「僕ね、朝はカフェオレとクロワッサン」鈴木がトークバックで叫んでる。

「うそつけ！」大爆笑。

新世界軽金属提供「三秒笑劇場」

「栃木市のごめんねごめんねさんの作品。『選手Ａ〈じゃあ、オリンピックで会おうぜ、サンパウロでな〉、選手B〈え？ リオでじゃねえの？〉』」（大爆笑）一同笑い止まらず。

「くっだらないけどいいです。これ、圧力鍋あげましょうね」と安部。

「はい、決定」と内田。

「横須賀市の坂上孝弘《さかがみたかひろ》さんの作品。『元五輪選手が犯罪を犯して逃げたらしい。あ、高飛びだな』」

「おう！ これもいいですね。可愛いお弁当箱差し上げます」と内田。

「あ、小学生から来ました」

「おお！ ついに！」と安部。

「羽村《はむら》市の田辺《たなべ》あつし君十二歳の作品。『一升瓶は、一生、瓶だった』」

「基本ですよ駄洒落の。わかってますねえ、十二歳にして」冷静な安部。

　ツボにはまったのは内田。

「一升瓶が途中で人生変われるとしたら、何ですかねえ？」笑ってる。

「溲《し》瓶《びん》！」鈴木が割り込んでくる。

「うるさいってば！」大爆笑。

　なんだか今夜はさくさくと過ぎていく。今年最後の生放送という気負いもなく、ようやく僕らの心持ちが安定してきた感じだ。

日本香院提供「深夜の句会」

「はい、では宗匠東亜軟覚斎《なんかくさい》の選んだ普通の句。清瀬市安本衛《やすもとまもる》さんの句。『教え子の賀状歳末に届き』」

「だから、年賀って書かないと早く着くんですよ。でも、七種類の香りが楽しめる〝たしなみ香〟差し上げます」と安部。

「続いて私、東亜寸極斎《すんごくさい》の選んだふざけた句。新潟市高山和夫《たかやまかずお》さん。『父とパパ別々にいるバカ娘』（大爆笑）駄目でしょ、たしなみ香あげるけど！」内田が自分で噴き出す。

「はい、では東亜漆黒斎《しっこくさい》が選んだくらーい句。我孫子《あびこ》市の山井《やまい》恒夫《つねお》さん。『悲しくて笑ってしまう僕がいる』。ありますよねえ、切ない自己嫌悪」安部がため息交じりにそんなことを言う。

「そうそう、自己嫌悪なんだよね。情けない自分ているよね」と内田。

僕は思わず葛城小百合さんのことを思い出して、ぐっとくる。

笑っちゃうほど悲しいってホントにあるもんだな。

そして〝ラストレター〟。

チェロの音が温かく流れる。

「ラストレターです。愛媛県東温《とうおん》市の松山刑務所からいただきました、ペンネーム、後悔先に立たずさん」

「え？ 松山刑務所ですか？」内田がびっくりしてる。

「ああ、松山放送が後半だけネットしてくれてます。今月から他にも六局、計七局、後半の三十分をネットしている局があります。放送は日曜午後8時から三十分ですね」安部が資料を覗き込んでそう答える。

「へえ。知りませんでした」と僕。

「ごめん教えなかった」鈴木が割り込んできてトークバックで謝ってる。

「読みます。『若気の至りでくだらないことで人に大怪我させてしまい、二年の実刑を受けて、昨年春、収監されました。来春には釈放予定です。気になるのはその後のことです。仮にも実刑を受けるような傷害事件を起こした自分を受け入れてくれる場所があるのか、と思うと心は塞ぎます。

もう二度とバカなことはしないと誓っていますが、社会復帰というのはそう簡単ではありません。

しかし私は、社会に出たら、就職活動の時、正々堂々と履歴書の賞罰欄にありのままを書くつもりです。

それでも受け入れてくれる場所に、それこそ骨を埋める覚悟でいます。この番組を聴いていたら、そんな場所がありそうな気もしますが、儚《はかな》い身勝手な夢のような気もします。寺ちゃん、世間の人は〝償った〟ことを認めてくれるのでしょうか?』」

僕の胸の中に何か熱いものが噴き出してきた。つい、熱くなった。

「僕は、きちんと反省し、償った人は普通に迎え入れられるべきだと思っています。しかし、世の中は冷たいところもあります。

ですがお願いですから、世間のそういう冷たいところにがっかりしないでください。まさに正々堂々！　自分の過ちを認め、それを償った、と胸を張ってください！　そのために法律があります。

なんの力もないサラリーマンアナウンサーですが、僕はあなたを応援しています。人の力は笑っちゃうほど弱いです、悲しいです。

でも自分を嗤《わら》ったり捨てたりしないでください！

小さな小さな僕ですが、あなたを応援しています！」

番組の後、ちょい都で向かい合った時、みんな少し重たかった。

「刑務所からの葉書、ぐっときたね」と田名網が言う。

「松山刑務所は犯罪傾向の進んでない、初犯の人が収監されてるのよ」

ふうん。色んなことを知っているんだなあ。

「でも刑務所で聴いてくれるって嬉しいですねえ」僕が言うとハッピー鈴木が笑った。

「すごいことだよ。刑務官が選ぶんだけどね。あんまり低俗だったり難しかったりしたら流されない」

へえ、そうなんだ。

「寺島君、なんとなく元気ないね」

内田が言う。

「え？　いえ、別に？　元気ですよ」

「だったらいいんだ」と内田。

勘がいいなあ。僕の胸の中でずっと小百合さんのことが揺れている。

「あ、そうそう」鈴木が思い出したようにびっくりすることを突然言った。

「大越さん、三月で退職だって知ってた？」

金槌《かなづち》で殴られた気がした。

24　めでたさも中くらいなり

年明けは録音番組が続き、通常の番組が戻ってきたのは六日の月曜日からだった。

正月休み中（といっても三日は出勤で定時ニュースを読んでいたけど）、大越さんが三月に突然退職するという衝撃が頭の中でずっとぐるぐる回っていたから、どうも調子が出ない。その大越さんに、なぜ急に辞めるんですか！　と直接尋ねる勇気もなく、悶々としているのに、本人は僕の向かい側のデスクでクリスマスも正月も関係なく、相変わらず快調に禁止単語を叫び続けているのだ。

「ラジオまっぴるま」で僕が担当する〝不可思議実験報告〟の今週のテーマは一番遠くへ、あるいは遠くから帰省した「最長不倒帰省者」を探すこと。

初日いきなり沖縄の人に出会って驚いたが、二日目には台湾、という人が現れた。台湾から社費で上智大学に留学している男性で、今年四月には台湾に帰らねばならないが、日本で好きな人ができたので帰りたくない、などと、ついには人生相談になった。キャスターの赤西家吉べゑが妙に食いついて、好きな人はどんな人だ、だの、もう深い関係か？　だの根掘り葉掘り聞くので、最後は仕事があるから、と迷惑そうに逃げられた。

結局、四日目に現れた人が最長不倒帰省者に認定されて、あとで認定状と一万円のクオカードを送ったが、その人の帰る場所はなんとサンパウロ。日本人女性がブラジル人に嫁いだのだ。普段はブラジルで暮らしているが、正月は実家の千葉に帰省しており、この日ホテルニューオータニでの会合に出席した帰りに僕が声をかけたようだ。

「イヤイヤ、東京ってのはすでに人種のるつぼだな、ｙｏｕ！」

堀尾が肩をすくめて笑った。

「それにさ、我が東亜放送が聖パウロ教会から始まった歴史を思うと、サンパウロに嫁いだ女に出くわす、てのはよ、これは予定調和の一種だな。ｙｏｕ！　持ってるぜ！」

ロンドンブーツのフィーバー男、堀尾は今年も絶好調だ。

それにしても、大越さんが会社を辞めてしまうという、僕にとっての大事件ばかりではなく、〝ちょい都〟のマスターの病状についての不安、葛城小百合さんのこと。僕は年末からずっと、悩ましいことばかりで、なんだかため息ばかりついていた気がする。

このムードが変わったのは翌週、一月十三日の月曜日だった。

朝、局へ行くと、受付の大野東子さんが満面の笑みで迎えてくれ、

「寺島さん。何か、素晴らしいことが起きたみたいですよ！」

そう弾んだ声で僕に言った。

「素晴らしいこと？　ですか？」

首を傾《かし》げながら制作局へ上がって行くと、どこからか一斉に、おお、という声と拍手が起きた。

「テラ、やったな！　おめでとう！」

局長の駒井が上気した顔で近づいてきて僕の肩をどん、と叩いた。

「何かありましたか？」

「ナイト・レター、※印脱出だ！」

大声でそう言うと力強く握手する。

「え⁉」

「それどころじゃねえ、お前、1位躍進だ、喜べ！」

右手に持った紙を僕の胸に押しつけて、がははと笑った。それは昨年十二月の聴取率調査の結果だった。

「1・4％か。すごいな」

僕の隣にいつの間にか田名網部長とハッピー鈴木がやってきていて数字の並ぶ書類を覗き込んでいた。

「ラジトー0・7で3位転落、2位にラジオフジ0・8。へえ、すげえ、断トツだな」

田名網が他人事みたいにそう言う。

「吹き当てた？　あたし」

小牧姐が爽やかな笑顔でそう言う。

「おう、小牧、さすがおまえさんの考察はすげえなあ、1・4も取りやがった」駒井が満面の笑みを浮かべてそう答えている。

「1・4？　それはすごいわね」

小牧姐へ駒井が胸を張る。

「我が局の、全日聴取率も2位に躍進だぞ！　ラジトーの牙城《がじょう》は崩せなかったけどな」

「これを嫌がってたんだネ、虻田」と鈴木がぼそりと言った。

「一つ勢いのある番組が出ると、その局全体に良い影響を与えることは、このギョーカイではよくあることなのよネ。虻田はこれを嫌がってウチらの番組を潰しにかかっていたのヨ」

「2位の番組に0・6%差は、でかいぞ。独り勝ちだなあ」田名網が口をとがらせて目を丸くしている。

「あたしの読み、確かでしょ！」

小牧姐も気のせいか頬を上気させている。

「局長賞モノだな、テラ」と駒井。

「はあ？」

「大躍進だ、当然だろう」駒井がにやりと笑う。

「この、バカオ×××ヤローども！」

その時、部屋中に急に大越さんの怒鳴り声が響いた。

「しょ、勝負は時の運だ！　た、たかが一回の数字の勝った負けたで、バカみたいに大はしゃぎしやがって！」一同が静まりかえる。

みんな虚をつかれて、大越さんの顔を見て呆然としている。

「いいじゃないの、そんなに厳しいこと言わなくても」

小牧姐が言い返す。

「この数年ウチの局って、こんなことではしゃぐこともなくって、精一杯やっても結果が出ないことにみんな少し元気をなくしてたんだもの、少しは騒がせてあげなさいよぉ、ゴア」

小牧姐にそう言われると大越さんは急に相好を崩してヘラヘラ笑い、「そ、そうかな」と頭を掻いたが、すぐにきりりとした顔になって僕らに向かって言った。

「勝って兜《かぶと》の緒を締めよ、って言ってんだ、わかったか！　このオ×××ヤローども」

「そうね。確かに全日聴取率で勝ったわけじゃあない……のよね……」

小牧姐が腕組みをして冷静にそう言った。

「それもそうだな」

それぞれが正気に戻ったように持ち場に散っていった。

僕には夢を見てるようで正直なところピンとこなかったのだけれど、聴取率調査で僕らの「サタデーナイト・レター」の聴取率が遂に※印を脱出して1・4％を取って1位に躍進したことは、実は大事件だったようだ。しかも最大のライバル、ラジオトーキョーの、今をときめくアイドル集団BCG48の番組「昭和に帰ろう」を押しのけたことは、ギョーカイ的にも、もちろん我が東亜放送局内でも、大変な話題になっていた。

この晩、四谷三丁目の居酒屋ちょい都の奥の小上がりには局長の駒井から招集がかかって僕ら番組スタッフが集められた。

「ま、ささやかな祝勝会だ。大越さん、小牧にも声をかけてあるんだが……」

駒井は真面目くさって演説を打《ぶ》った。

「いやぁ、テラが制作会議でよ、小さな人生の呟きを聞け、とかなんとか口走った時、本当はぎょっとしたのよ。ま、そうでなくても俺ぁ、局長になって力んでてさ、コメなくせ！　数字数字！　って叫んでたから、ゴンって頭殴られた気がしたんだ。ま、ひとまず乾杯だ」

「かんぱーい」店中に明るい声が響く。向こうでマスターも時子さんもジョッキを掲げている。

「すでに貸し切りだからゆっくり騒いでいいわよぉ」

たちまち二杯目のジョッキを配りながら時子さんが笑った。

「寺ちゃん、お手柄！　あたしたち、ものすごく嬉しい！」

時子さん、本当に嬉しそうだ。

「大手柄だよ！」と駒井が言った。

「実際、俺はヨ、視聴覚教育なんて言葉、すーっかり忘れてた。残念ながら評価は数字でしか見えねえからな。数字さえ取れりゃ、どんなくっだらねえ番組でもいいと思ってたんだヨ。今だって数字は欲しいさ」

　そう言って喉を潤し、

「だからよ、テラの〝自分たちが正しいと思ってることをやってりゃ数字なんか黙ってついてくる〟って一言は……堪《こた》えたねえ」と。

「だから、あれですか？」と田名網が言葉を受けた。

「俺と鈴木呼んで『お前らが楽しいことだけやれ』って念を押したんだ」

「そんなことがあったんですか？」

　僕が尋ねると、鈴木が頷いた。

「局長、その時、言いましたよね、数字のことはあとで考えよう、って」

「え？　数字はどうでもいいって言ったろうよ」と駒井。

「言いませんよ、あとで考えようって」

「だよな。まさか本当に数字がついてくるたあ、思わねえものなあ」

　駒井はそう言って豪快に笑った。

「あ、やっぱいたいたいたいた」

　営業の外谷と祢津がすでに赤い顔をして店に転げるように入ってきた。

「なんだよ、ご機嫌じゃねえか」

　じろり、と駒井が睨むとヘラヘラ笑いながら外谷が言った。

「新世界軽金属の真田社長のところへ行って聴取率1位の報告してきたんですよぉ」

「お、そうか。なるほど」と駒井。

「そうしたらね」それを祢津が継ぐ。

「0時台のお葉書大紹介も提供しようかって言ってくれたんすヨ。となればですよ、予定予算より大きくなっちゃうっつうことっすヨ」

「おまけにめでたいから祝杯上げようって、ものすごく喜んでくれましてね。そんでまあ、一献お付き合いしてきた訳で」と外谷。

大変なご機嫌だ。

「へえ。ありがてえなあ、おい」

駒井が目を丸くして大きく息を吐いた。それから僕を振り返って呟くように言った。

「なあ、テラ。おまえさん、どう感じる？」

「はい？」

「大越の親父の言うように、たかが数字だが、数字のすごいのはこういうところなんだよ。数字が上がるだけでな、それに関わってる人間の気持ちをよ、ぐんと持ち上げる効果があるんだよなあ。数字、数字ってこだわった俺の気持ちもわかってくれるか？」

「もちろんです。聴取率をどうでもいい、って思ったことはないですから」

「しかし、いい番組が数字を取るってのは、こんなに嬉しいものなんだなあ」駒井が子供みたいな顔をする。

その時、小牧雅子姐がふらりと一人で現れた。

「お待たせ！　まずビール」

元気にそう声をかけると駒井の隣にどん、と座った。

「大越の親父は？」駒井が聞くと、少し困った顔をした。

「勝って兜のどうとやら言ってた。なんだかみんなが一斉に数字ではしゃいでるのが気に入らないみたい」

「来ねえってか？」駒井が聞く。

「今日は来ないって」

「ったく、難しい親父だなあ」駒井が苦笑いをする。

「まあ、でも僕らだって、マジ、数字が目標じゃなかったからねえ」

田名網が笑う。

「何しろ相手が『ラジトー×BCG48』とくりゃ、ハナから勝負にならないって思ってたから、完全な自由だったからね」と鈴木が笑う。

その時突然、鈴木の携帯電話の着信音、水戸黄門のテーマ曲〝あゝ人生に涙あり〟が鳴り響く。

「誰のだよ！　うるせえなあ」駒井が呆れながら噴き出している。

「渋い選曲だこと」と小牧姐。

「僕のです。すんません」鈴木がそう言いながら画面を覗き込んで、

「あ……虻田……だ」と呟いた。

電話を持って立ち上がり、そっと外へ出て行く。

怪訝《けげん》そうに見送る駒井に、

「ラジトーの虻田Pからの電話みたい」と田名綱が説明する。


「いやぁ虻田、すげえなあ」

やがて戻ってきた鈴木が小さな声でそう呟いた。

「何かあったんですか？」と安部。

「BCGの番組、三月で打ち切るって……」

「え⁉『昭和に帰ろう』やめちゃうのか？」さすがに駒井も驚いている。

「虻田がね、『東亜を舐めてたわけじゃないけど、あれじゃ勝てない』って……」鈴木、
何だか寂しそうだ。

「何よ？　寂しそうじゃないの」田名綱がすかさず突っ込んでいる。

「いやあ、次はどんなオソロシイ手でくるのかと思うとねえ」と鈴木。

「追いかける方が気楽だからなあ」駒井が苦そうに笑いながら言った。

それを受けて、小牧姐が優しい顔になってこう言った。

「勝って兜の……か……。大越さん、こういうことを言いたかったのよ。何もかもわかってるのね、ゴア」

「はぁ……」

みんなが同時にため息をついた。「なんだよ、反省会じゃあねえよ、一応、局長主催の『祝勝会』だぜ」

駒井の一言で今度は一同が一斉に大声で笑った。

その時、大越さんが大きな音を立てて入ってきた。

「あら、ゴア！」小牧姐が叫ぶ。

「お、おう。や、やっぱり来たぞ」

大越さん、照れたように笑った。

「ボウズに土産だ」

名物、『わかば』の鯛焼きが一包み。

「ん、もぉ、お酒の肴《さかな》に鯛焼きはないでしょうが。手ぶらじゃ来にくいからって、ほんっと、照れ屋なんだから」小牧姐が笑う。

今日は大越さん少し小さく見える。

時子さんがホッピーを抜いてくる。乾杯をすると大越さん、真顔になって僕に言った。

「ボウズ。お、俺は、はしゃぐのは嫌いだけどよ、おめえは、よくやってる。ま、それだけ言いにきた」

それもこれも、みんな大越さんの一言から始まったんですよ。僕は胸の中でそう答えながら、ずっと年末から胸に引っかかっていたことを尋ねることにした。

「あの……大越さん」

「なんだ」

「なんで急に辞められるんですか？」

大越さん、きょとんとする。

「何がだ？」

「いえ、大越さんが三月に退職されるって伺ったから」

大越さんは奇妙なものでも見るような目で僕を見た。

「だって、定年だもん」

「定年⁉」思わず僕は叫んだ。

「えええええ！　大越さん、まだ六十前だったんですか⁉」

「あ、当たり前だろが、このオ×××ヤロー！」

小牧姐が飲みかけたビールをぶっと噴き出した。

「ハイ降格！」みんなが一斉に指さした。

25　山が動く！

「寺島さん！」入り口で葛城小百合さんの声がした。

「社長がお呼びです！　お手隙の時においでいただけますか」

いい声だなあ。僕はうっとりと彼女の声を聞いている。

「ようよう、ガンバレってね」と鈴木が冷やかす。

「はぁぁ」

僕の背中に向かっての、小牧姐のわざとらしい大きなため息が堪える。

「はい、ただ今伺います！」

僕の声が裏返ったので制作局の部屋中にどっと笑い声が上がった。

社長室に入って行くと、三井社長が満面の笑顔で待っていた。

「寺島、おめでとう！　１・４％はすげえなあ、まあ、座れ」

応接の椅子を顎で指した。

おどおどと座るとすぐに小百合さんがお茶を運んでくれた。

社長室で僕ごときにお茶が出る、っていう展開は予想もしなかった。

「寺島が局長に掛け合ったって話を聞いた時はよ……」

「いえ、社長、その点は誤解です、僕は、ただ大越さんに……」

「まぁ聞け。俺はさ、やっと志のある社員が表に出てきやがったな、って、実はあん時、ちょっと嬉しかったのよ。まさか、こんなに早く結果を出すとは思わなかったけどな、実に見事だ。第一、俺までなんだかよ、お前のムードに巻き込まれちゃったからなあ。ま、ひとまず茶でも飲め」

「いただきます」

でも、一気に口に含んだので少しばかり舌を火傷した。

もちろんそのことは言えない。

「社長賞だぞ」社長はぽん、とそう言った。

「え⁉ ぼ、僕にですか？」

舌がもつれる。

「お前らのチームにさ」

「あ、ありがとうございます」

社長はそれから小声になって、

「表彰式は、ちょい都でいいだろ？」

と言ってウィンクしながら僕の肩をぽんっと叩いた。

制作局へ戻ると局長の駒井が制作陣を招集しているところだった。

「おお、ちょうど良かった。テラも来い」と僕を手招きした。

ふと見るとPやDが集まっている。驚いたことには中に大越さんの姿があった。こういう中に普通に交じっている大越さんを初めて見た。

駒井がもったいを付けるように言った。

「諸君の努力のお陰で十二月度聴取率調査では我が東亜放送は久しぶりにラジオフジを抜き、全日2位を獲得した！」

一同から一斉に拍手が起きる。駒井は満面の笑みだ。

「数字ばかり言う俺を軽蔑してるヤツもあるかも知れないが、この秋の躍進に心から感謝している」

また大きな拍手が起きた。

ウチの局はこれまで割合数字には大らかで、深刻に聴取率で追い詰められたり、それによって処分や昇進、という話はあまり聞いたことがない。

しかし、スポンサーにしてみれば提供する〝基準〟は数字だ。誰も聴いていない番組にお金を出す必要などないのだ。

僕のサタデーナイト・レターにおける新世界軽金属のように、たまたま社長が気に入ったから、などという例はきわめて珍しい。

それでも数字が上がったと聞くと新世界軽金属の真田社長の愛に応えられた気が少しするが、たった一度、調査の数字が上がったに過ぎないのだから、かえって追われる立場になって気が引きしまる。

「さて、そこで発表だ。この春から、局アナ主体での深夜放送を復活する」

「おお!」と一同が大きくどよめく。

「ま、一時はテラが血迷ったかと思ったが、実はやらせてみて驚いた。数字に限らず、俺たち側からの発想ばかりでやってきたから、いつの間にか世の中のニーズと乖離《かいり》していたのかも知れないと反省した。今配る紙を見てくれ」

若いDの吉住が一同にA4サイズの紙が五枚綴《と》じてあるものを配る。

「それは俺の思いつきで頼んだマーケティングの結果なんだが、ま、それぞれあとで自分なりに分析してくれ。俺は三ページ目の頭の……」

一斉に紙をめくる音がする。

「奇妙なデータが気になった。見ての通り、ラジオを聴く層の心理分析なんだが注目して欲しいのはどの放送局を聴くかという点だ。1位の『好きな人の出演番組』、これは当然だろうが2位に注目して欲しい。2位は『いつも聴く放送局だから』とある。そこで今度はそのページの右隅のデータを見てくれ。『いつも聴く放送局』を選んだ理由だ。なんと〝若い頃に馴染《なじ》んだ放送局〟だ。最初のページに戻る」

また一斉に紙をめくる音。

「夜ラジオを聴く世代、を見てくれ。1位は五十から六十代。2位が十代だよ。十代が聴く理由の1位は〝勉強しながら聴く〟だ。どう思う？　もしも大人になって無意識に放送局を選ぶ時、若い頃に耳馴染んだ放送局にダイヤルを合わせるとすれば、さあ、どんな手を打つ？」

「なるほど深夜放送かあ」大声で呟いたのは大川の金ちゃんだ。

「そうだ。それで別紙がある」

また吉住がみんなにＡ４の紙を配る。

「これはテラのナイト・レターのデータだが聴取者層を見てくれ。1位は五、六十代だが2位を見て欲しい。なんと十代なんだよ。それで思いついたのが、〝五年から十年がかりの聴取率底上げ作戦〟だ」

「つまり？　若い子を育てるってこと？」と田名網が聞く。

「未来の東亜放送ファンを増やすために今から十代に働きかけようって訳ですね」と冷静な声で言ったのはナイーブ平石だ。

「その通りだ。テラのナイト・レターの大躍進の秘密は実は葉書にあった」

駒井がそう言って僕を見た。思わず緊張する。ここから駒井の大演説が始まったのだった。

「世間の人は自分の悩みや、苦しみ、悲しみなどを本当に誰かに伝えたいんだよ。だが今や時代的に伝達ツールは放送局でもメールやファクスやライン、ツイッターだろ？　だけどそれじゃ今思いついたことを今の温度のまま書いてくるから、熱は高いが文章レベルが低い。底も浅い。怒りは怒りだけ、悲しみは悲しみだけしか伝わってこない。そこで面白いのは葉書だ。あの絶妙なスペースにはな、悲しみはひと泣きしたあと、怒りは一旦収まったあと、笑いはいく度か笑ったあとでなきゃきちんと伝えられない、収められないってことだよ。だから春からの深夜放送は葉書というツール限定で攻めようと思うが、どうだ！」

一斉にみんながほおっと息を吐いた。

「よし！」

そう叫んだのは大越さんだ。

「番組タイトルは、まあ、復活『フォー・ヤング』でもかまわないとは思うが、来た道を引き返すみてえでつまらねえ。そこで俺はよ、大越ら一味に敬意を表して『ザ・ナイトレター』で行こうと思う」

今度は歓声が上がった。

「一味かよ」と苦笑いで呟いたのは鈴木だ。

「ボクちゃんが風向きを変えたのね。おっと、いけない。これからボクちゃんと呼ばないことにする」

「いえ、別に……何でもいいです」

一同から笑い声が起こる。

「まだ時間帯も考えてないがまあ、23から3時の間の二時間程度だろう。これから報道やなんかと話し合って月から金の担当アナを決めていく。二月中には決めて三月頭発表で行く。いいか！　大騒ぎにするぞ！」

拍手が起こった。

みんなが散会したあとでまた駒井に呼ばれた。

「大越一味がウチの局を変えてくれるかも知れねえな、お前の一途さが大越の親父に火をつけたんだと思うぜ」

そう言ってから、

「『社長賞』だってな。俺は『局長賞』も出すぜ。金額は少ないけどよ」駒井はそう言ってがはは、と笑うと、

「ションベン行ってくらぁ」と部屋を出ていった。

何かが大きく動き始めてる。

大越さんの一言から始まった〝東亜放送初期化計画〟が、大きな山を動かしたかも知れない。

それにしても、と僕は思った。

何もかも大越さんの一言で始まったことが、ひょっとして我が東亜放送の大改革につながるかも知れないというのに、その大越さんがすぐに仕事現場からいなくなってしまうなんて。

なんだか急に寂しさがこみ上げてきて、僕は何遍もため息をついた。

「大越一味」の中に僕も入れてもらったことはちょっとだけ嬉しかったけど。

二月に入ってすぐの月曜日の晩、社長の肝いりで大越一味は〝ちょい都〟に招集された。

小牧姐も呼ばれたらしく、社長よりも前にお店に入ってきた小牧姐は僕の隣に座るなり耳元で囁いた。

「悲しいお知らせと少しだけ嬉しいお知らせとめっちゃ嬉しいお知らせがあるけど、どれから聞きたい？」

「では、悲しい方から……」

「あら？　あなたA型だっけ？」

「ええ？　何でですか」

「A型って悪い方から聞きたがるのよ。一方B型はね……ま、そのことは今はいいか。

ではお伝えします。悲しいお知らせは、小百合がこの三月いっぱいで寿退社します」

小牧姐は袈裟《けさ》懸《が》けに僕を斬《き》り倒した。

青天のハレホレヒレハレだ！

まさに衝撃の敗戦通告だった。

「え!!　け、結婚……ですか」

「そりゃそうよ。寿退社って言えばあなた、ご結婚よぉ」

一遍に体中の力が抜けてしまう。

呆気にとられるし、初めはいったい小牧姐が何を言っているのか理解するのに時間がかかったほどだ。

頭の中がぼーっとして動かない。

「あら？　ショックが大きかったみたいね」

「そりゃあそうですよぉ。もう……メチャメチャ……ショックです」

何度か深呼吸をして、ようやくことの次第が呑み込めてきた。

小百合さんは少なくとも確かに僕以外の男性と結婚するってこと。

しばらくしてようやく聞いた。

「あ、あの……少し嬉しいお知らせ……っていうのは……？」

「小百合の相手が、あの背の高い、いい男の方の歯医者ではなかったたってことよ」

「え？　どういうことですか？」

「学生時代からの彼だって。つまりあなたは最初から外れ籤《くじ》だったわけ」

小牧姐、優しい笑顔でなんてオソロシイことを言うのだろう。ちょっとばかり憎らしくなる。僕はがっくりと頭を垂れた。

「あら？　あなた。めっちゃ嬉しいお知らせは聞きたくないの？」

「はあ？」と僕は聞いた。

「まだ、何かあるんですかぁ……？」

「大野東子があなたにホの字よ」

もう僕の頭は完全に混乱して、いったい何を言われているのかわからない。

「嬉しくないの？　大野東子が、あなたに気があるのよ？」

口をポカンと開けて呆然と見つめる僕に、小牧姐がまた言った。

「あ、そうか、小百合ショックの方が大きいわよね、どう考えても。ゴメンゴメン！」

それから僕の背中をどん、と叩いたところへ社長の登場だ。

社長はなぜか突然、受付嬢の大野東子さんを伴って現れた。

「お疲れ様です！」

一同が立ち上がって迎えるのへ、ようよう、と片手で敬礼するようにして入ってきて小上がりの議長席に座った。

「今日は貸し切りにしてあるからよ」

社長は時子さんの差し出すおしぼりで手を拭きながら言った。

「そうそう、葛城が寿退社するんで大野を秘書課に持ってくるからよ。これからは大野に言ってくれよ」

一同が大きくどよめいた。

「葛城はよ、昔からつきあってる野郎がいたんだってヨ。寺島、残念でした」

大越一味が拍手と一緒に爆笑する。

ええ……ひどいよぉ。何だかやっと悲しくなる。

「なんだ、おめえ本当に落ち込んでんのかヨ」

社長の軽口に、無理矢理笑顔を作って首を横に振る。

「サタデーナイト・レターが大越の一言から始まったってストーリーは駒井から聞いたヨ。いやあ、いい話だなぁ。でも、まさか聴取率トップは想像しなかったけどな。O－CANの品田社長大喜びでよ、来期からちょびっと予算上げてくれる。いやあ、ありがてえなあ。お手柄なので、この番組に『社長賞』を贈ります！」

わあっと大拍手が起こる。

大野東子さんが恭しく僕に『社長賞』と書かれた大きな祝儀袋を差し出した。代表で僕が恭しく受け取る。

「ま、現金十万だけどな」

「すげえ！」と叫んだのは鈴木だ。

「お前にじゃねえヨ」と社長。

「カンパーイ」一斉にグラスを上げて乾杯をする。

この晩、大越さんが可愛かった。

あんまりみんなが大越さんが寺島を動かした、だの、「サタデーナイト・レター」の成功は〝ラストレター〟だ、とか、あの一言がもしかしたら東亜放送を変えるのではないか、などと大越さんを褒め称えるものだから、含み笑いをしながらずっと赤い顔でホッピーを口に運び続けていた。


全くこの日、何だか僕は夢見ているようだった。

僕は一気に酔ってしまい、実は、この日何を話し、何を飲んだのかなんてぜーんぜん覚えていない。

でも覚えていることが二つある。一つは葛城小百合さんが寿退社をするってこと。

そしてもう一つは、ちょい都のマスターの前立腺癌の数値が格段に改善しているという知らせだ。

これは嬉しかった。

ずっと毎日気になっていることだったから。マスターはきっと奇跡の患者になってくれると思う。

最終章　ラストレター

三月に入って、東亜放送は四月第一週から「局アナによる深夜放送」を復活させる、タイトルは「ザ・ナイトレター」だと公式に発表した。

これは結構大きく報道された。

今どき局アナによる深夜放送復活という英断がマスコミを驚かせたのだと思う。

月曜から土曜日、局アナによる夜23時から深夜1時までの二時間番組で、何より、メール、ライン、ツイッター、ファクスではなく、投稿は葉書でのみ受け付ける、という〝昭和の手法〟を取ったことがなおさらマスコミ各社の興味をそそったようだ。

我が小牧姐も水曜日、「ザ・ナイトレター・ウェンズデー」を担当。

おそらく青年たちの青春相談の様相を呈する名番組となるに違いない。

「ラジオまっぴるま」の〝不可思議実験報告〟は続くので、僕は金曜日以外出ずっぱりで大変だが、やりがいはある。

土曜日の番組タイトルは「ザ・ナイトレター・サタデー」に変わり、放送時間も23時から1時まで三十分拡大される。

でも、何より嬉しかったのは、局内のこの番組関係者に対して、各日、番組の最後の時間帯に、その日最も心に残った葉書を読む〝ラストレター〟のコーナーを作ること、という局長指示が出されたことだ。

間もなく退職する大越さんが東亜放送へ残した、大切な大切な遺産のような気がする。僕にもほんの少し、そのお手伝いができたのかな、と思うとそれだけで胸が一杯になる。

三月に入って発表された二月の聴取率調査の結果でも「サタデーナイト・レター」は1・4％を維持した。

キツネにつままれたような前回と少し違って、僕らには何か勇気と言おうか自信と言おうか、奮い立つような元気が出てきた。数字なんか気にならないけど、人間、評価されるというのは、やはり嬉しいものだ。

いやいや、勝って兜の……だな、と改めて気を引き締めたその時だ。

「おいっ！　オ×××ヤロー！」

僕の机の向かい側から、大越さんが突然大声で怒鳴った。

「はいっ⁉」思わず立ち上がる。

「今夜、暇か？」

「は、はい」

「ちょ、ちょい都に来い！」

「はいっ！」直立不動で答えた。

居酒屋ちょい都は珍しく、ほぼ満席だったので、大越さんと並んでカウンターに座ったはいいが、二人きりで飲むのは初めてだから、僕は相当緊張した。

大越さん、自分で誘ったくせに、僕の隣に座ったきり何も言わず、時子さんの差し出すホッピーを黙々と飲んでいるだけなのだ。

かえってどぎまぎした僕は、ビールをジョッキ三杯も立て続けに飲んでしまって少しクラクラした。

僕の頭の中にはもうすぐ退職する大越さんに色々話したいことや教わりたいことがたくさんあるのに、何一つ言葉になって出てこない。

それが情けない。

僕を焚きつけて番組の種を蒔いたのも、〝ラストレター〟もすべて大越さんから始まったことで、僕はそのお礼すらきちんと言えていないのだ。

いや、お礼を言う筋合いのものではないのかも知れないけど、大越さんの一言がなければ僕は今頃……そう思いかけた時だった。

「お、おい、おめえよ。年の瀬だったかな……松山刑務所からの葉書を読んだろ？」

大越さんがホッピーのジョッキをテーブルに置き、不意にそう言った。

「あ、はい。読みました」

「あ、あの葉書を読んだあと、お、おめえ、初めて自分の言葉で自分の気持ちを言ったな」

「あ、はい。つい生意気なことを……」

「あれでいい」

「え？」

「あれでいいんだ」

大越さんは急に優しい声になった。

「いや、好き勝手に何でも言えばいいって意味じゃねえんだ」

そうして言葉を切り、遠くを見るような目をしたかと思うと今度はゆっくり振り返って僕の目を見た。

「大人になったらな……正しいと思ったことは……ちゃんと言葉にしなきゃ駄目だ」

大越さんはそれからまた黙った。

時子さんが気を遣って雪花菜《おから》やら鶏と牛蒡《ごぼう》を炊いたのなどを少しずつ出してくれた時、僕の耳元で、「例の数値、正常に戻ったんだよ」と明るく弾んだ声で言った。

「やった！　奇跡の患者だね！」

思わずガッツポーズ。

それからも大越さんはしばらく黙っていたが、

「マスコミに携わるものはヨ……」

ふと思い出したようにそう言いかけて一度言葉を切り、またしばらく言葉を探していたが、決心したようにはっきりと言った。

「弱いものの虐《いじ》めは絶対に駄目だ」

「え？」

「正義の味方でなくちゃ駄目だ」

「は……はい……あの……??……」

僕が真意を探ろうと言葉を探した瞬間、大越さんが立ち上がって叫んだ。

「俺は、おめえに、せ、正義の味方になれっつってんだ、わかんねえのか！　この、オ×××ヤロー!!」

一斉に他の客がこちらを振り向く。遠くで爆笑する人たちがいる。

「あ、いたいたいたいた」

その時、営業の外谷と祢津がワイワイ入ってきたので大越さんとの話はそこで終わってしまった。

本当はとても残念だった。

家に帰ったあと、もしかしたら照れ屋の大越さんはこの日、僕に、そっとさようならを言うために誘ってくれたのではないか、と気づいた。

それでこの晩、僕は大越さん宛てに一枚の手紙を書いた。心を込めて、お礼と、お別れの言葉を書きたかったのだ。朝までかかったけど。

そして大越さんはなぜかその翌日から会社に全く姿を見せなくなった。

大越さんほど、この仕事を愛した人は少ないと思う。

デスクはそのまま残されてはいるけれども、大越さんのいなくなった制作局の部屋はなんだか急にガラン、としてしまった。

なんだか余りにも大きなものを失った気がした。

僕は誰もいなくなった時を見計らって、小さな声で「オ×××ヤロー」と呟いた。

でも、かえって切なかった。


こうして三月最終土曜日がやってきて、「サタデーナイト・レター」は最後の放送を迎える。そして四月からは新番組「ザ・ナイトレター・サタデー」に変わるのだ。

わずか半年の番組だったけど、最終回、と改まって言われると何となく寂しい気がするから不思議だ。

スタジオはたくさんの人で溢れた。

小牧雅子姐の姿があって、大川の金ちゃんやナイーブ平石、吉住、中田春男など身内も多いけど、驚いたのは年度末とはいえ、メインスポンサーのO－CANグループの品田社長夫妻、新世界軽金属の真田社長と前田秘書課長、それに日本香院の大仲《おおなか》社長に卯藤園の専務さんといった、提供各社の皆さんがわざわざ来てくださっていたのだ。外谷、祢津ばかりか営業局長の柳澤輪三《やなぎさわりんぞう》まで参上し、社長の三井も現れてスポンサー各社の皆様にご挨拶。

その時、スタジオの背中側のドアを開け、秘書課に移った大野東子さんが僕の方へやって来た。

真っ赤な薔薇の花束を抱えているので、どぎまぎしていたら、東子さんが僕の耳元で、

「これ、寺島さんから小百合さんに差し上げてください……」と囁いた。

こんなこと、考えつきもしなかった。大野さん、すごいな。

小百合さんは、社長と小牧姐の隣で笑顔で挨拶をしている。

「あ、はいっ！」

僕は小百合さんに花を差し出した。

「ご結婚おめでとうございます！」

「わあ。ありがとうございます！」

少し頬を赤らめ、笑顔で花束を受け取る。拍手が起きる。

ああ、小百合さん、嬉しそうだ。ヘタレの僕は悲しいけど。

小牧姐が「おめでたいわねえ」と呟いたのは、僕へのため息だな。

東子さんすごいな、こういう気遣いのできる人なんだな。

やがてスタジオは、あたかも公開番組ふうにワイワイと開始の時間となる。だが、残念ながら大越さんは姿を見せなかった。


「終わりの始まりなのだー！」

これが安部が決めた今日の僕の第一声だ。

「お前はバカボンのパパか‼」安部と内田が同時に突っ込む。

「この番組はO－CANグループの提供でお送りします。さて最初はお葉書大紹介のコーナー」

僕は葉書を読みながら、大越さんは、どこかで聴いてくれてるのかな？　とふと気にしている。

「杉並区の直純桜《なおずみさくら》さん五十三歳。『私はラッパ吹きで、新日フィルの頃、指揮者の山本《やまもと》直純さんにずいぶん可愛がってもらいました。

桜の季節になるといつも千鳥ヶ淵《ちどりがふち》のフェアモントホテルの一階のバーに私たちは呼び出されて一緒に呑みました。

直純さんは一階のバーの庭にあった桜が大好きで、年に一度この桜に会いにきて桜と差し向かいで一献傾けながら一年の出来事を胸の中で話すのでした。

こういう人を本当の〝桜人《さくらびと》〟というのだと思います。残念ながら、もうこのホテルも、その桜もありません』。山本直純さん、素敵ですねぇ」

「いい葉書だなあ」内田が呟く。

「千鳥ヶ淵の桜は本当に爛漫と咲いて綺麗ですね。この国に生まれて良かったたって感じますね」と安部。

こうして静かに最後の「サタデーナイト・レター」がスタートした。

〝三秒笑劇場〟では足立区の猪《いのしし》さん。

『神主A「そうそう、猪木《いのき》神社の盆梅会《ぼんばいえ》で、ものすごく高価な梅の鉢植えがたくさん売れたよ」、神主B「それは怪しい、梅じゃなくてサクラだろう」』が圧力鍋を獲得。

〝深夜の句会〟では品川区の独居《どっきょ》さん。

『去年まで妻とながめし老桜《おいざくら》』がグランプリ。

そしてやがて〝ラストレター〟。

穏やかにヨーヨー・マの〈白鳥〉が流れる中、僕はリスナーの皆さんに手短にお断りして、定年で去っていく尊敬する大先輩、大越さん宛ての僕の書いた手紙を読ませてもらうことにした。

そこにいたみんな息を呑んで静まりかえった。

息が詰まりそうだ。

僕は手紙を拡げた。

「大越さんはいつも僕の机の向かい側で四文字の禁止単語を一日中叫び続ける迷惑なおじさんでした。（笑）

こんな人が放送局にいていいのか、と僕は愕然《がくぜん》としました。（拍手）

でもやはり東亜放送を愛する人。ただ者ではありませんでした。

あなたがローマ教皇庁からいく度も勲章を受けている理由が僕には、今になってやっとわかる気がします。

去年の初夏、僕がその大越さんにそそのかされた言葉がきっかけで、実はこの番組が始まったのでした。

大越さんは言いました。

誰もが小さな人生を歯を食いしばって生きている。その小さな生命の声を、己の心の耳を澄ませて聴け、と。

そうです。以来、小さな人生の、小さな叫びや涙や笑いを抱きしめるように聴き、読むことがこの番組の大切なテーマとなりました。

反省を込めて率直に申し上げるならば、メディアは今、本当の正義を見失い、己の立場だけの数字や好き嫌いやそして利益ばかりに夢中です。

大越さん、あなたと二人で会った最後の晩、居酒屋ちょい都であなたは僕に言いましたね。

『マスコミが弱いもの虐めをしちゃいけねえ』って。

その通りだと思います。

僕らは時折思い上がり、身勝手な価値観だけで人を傷つけることがあります。僕は強く反省し、そして自分に強く言い聞かせています。

少なくともメディアは、常に弱い人の味方であるべきだ、と。

弱いもの虐めが大嫌いな大越さん。僕は今、あなたと初めて出会った時のことを思い出しています。

あの日は土砂降りの雨でしたね。

僕は入社してすぐの新米アナウンサーで、四ツ谷駅から会社へ向かっていました。

僕が初めて見たあなたは、新宿通りの車道の真ん中で傘もささず、ずぶ濡れのまま両手を拡げて立ち、止まれ止まれ止まれ！　と叫んでいましたね。

まさかその人が自分の会社の上司だとは想像もしませんでした。

あなたの足下には年老いたラブラドール犬が血まみれで倒れていました。車の流れを停めると、あなたは自分の服を一切かまうことなく、一瞬のためらいもなく、血みどろの大きな犬を抱きかかえました。

『ワカゾー！　早くしろ‼』

あなたが最初に僕に言った言葉です。

僕はお陰で、買ったばかりの一張羅のスーツを台無しにしてしまいました。

偶然通りがかった獣医さんが言いましたね。

『この子は事故で血だらけなんじゃなく、フィラリアで自分で吐いた血です。老犬ですから、おそらく飼い主に捨てられたのでしょう』と。

あの時のあなたの叫びを覚えています。『バカヤロー！　飼い犬は家族だろう！』と。

その老犬は程なくこの世を去りましたが、大越さん、実は僕は知っていたのです。あなたがあれから毎週病院に行き、あの老犬に会い、最期まで看取り、固辞する医師に、押しつけるように治療費まで支払ったこと。

僕は獣医さんからそれを聞いた時、あなたと同じ会社に入れたことを心から誇りに思いました。

照れ屋のあなたは、怒るかも知れないけど、ごめんなさい。

あの時のことを、ようやくみんなに話すことができました。

『心に愛がなければどんな言葉も人の心に響かない』あなたの好きな言葉です。弱いものの虐めはしちゃいけねえ。あなたの心の愛を知っているから……その言葉が心に響きます。

大越さん。そのあなたが退職し、現場からいなくなってしまいました。

大越さん。あなたはとても下品で……、とても適当で……、とても迷惑で……、とても素晴らしい人でした！　僕はあなたが……大好きでした！」

何だか恥ずかしいが、涙がぽろぽろ、ぽろぽろぽろとこぼれて困った。

小牧姐がもらい泣きしてる。

「大越さん、あなたが作った〝ラストレター〟のコーナーはみんなの宝物になりました。約束通り僕は、……いえ、東亜放送は必ず『正義の味方』になります！　本当にありがとう！　そして、さようなら大越さん‼」

その時、スタジオ中に、耳が痛くなるほど大きくて強い拍手が沸き起こった。

社長も、局長も、小牧姐もみんな立ち上がって一緒に涙をこぼしながら拍手をしてくれている。

感動のスタンディングオベーションの中で番組は終わろうとしていた。

まさにその時、スタジオのドアをけたたましく開けて飛び込んできた人がいた。

「あ！　大越さん‼」

わあっとみんなが一斉に立ち上がった。スタジオ中に、ものすごい拍手が起きた。

葛城さんも大野さんも、放送作家の内田も安部も、みんな泣き笑いだ。

もう、僕は涙で何も見えなくなってしまった。

「大越さん！　やっぱり来てくださったんですね!!」

僕が思わず大声でそう叫ぶと、大越さんは赤い顔で照れたように言った。

「な、なんだよ。大袈裟なこと言うな。もっと早い時間に来るつもりだったんだけどよ」

大越さんは言葉を探す。

「あの……、有給休暇が溜まっちゃってヨ」

それから、真っ黒に日焼けした顔で頭を掻きながら笑った。

「ハワイ行ってきた。これマカダミア・チョコ。お土産だ」

茶色い箱をみんなに配り始めている。

少し膝が抜けそうになったけど、僕は涙のまま、大越さんに頭を下げた。

「大越さん、定年おめでとうございます！　でも僕、大越さんがいなくなることが、とてもとても……寂しいです!!」

大越さんはきょとんとした顔で僕を見てそれから一人で爆笑した。

「あ、そーか、おお、わりいわりい、ボウズには言ってなかったっけかな？」

「へ？」

「俺あと二年、嘱託で会社に残ることになったから」

啞然とした。

目が点になる。

意味不明の憤りが身体の中から湧いてくる。

つまり、なんで怒ってるのか自分でもわからないのだけれど。

「なにい！」思わず涙声のまま僕は怒鳴った。

「人が……どんだけ……悲しかったと……思ってんだぁ！」

そしてついに、言ってはいけない言葉を叫んでしまったのだ。

「僕の涙を返せぇ！　この……オ×××ヤロー!!」

放送作家の内田と安部が僕の口を塞ぐ。

「おー━い。まだ番組終わってないよ～!!」

鈴木の悲鳴のような声がトークバック・スピーカーから聞こえる。

「放送に乗っちゃうよぉ～!!」

「はい、寺島、始末書！」社長が叫ぶ。みんな一斉に爆笑する。

「うん。降格」大越さんが冷静に僕を指さしながら念を押す。

膝の力が抜けて行く。

「この番組は……O－CANグループの提供で……お送りしました」

最後は涙で声にならなかった。

解説

ラジオからの景色

劇団ひとり

ラジオ局で働く寺ちゃんにとっては当然ラジオというのは特別な存在だと思いますが、普段、テレビを主にやっている僕らのようなタレントにとってもそれは同じです。僕もかれこれ長いことラジオ番組をやらせていただいており、番組がスタートしたときには独身だったのが、いまや結婚して二人の子供がいます。ラジオでは毎週そういった近況報告を都度都度するわけで「写真週刊誌に撮られたけど、思ったより記事が小さかった」だとか「妊娠中の嫁さんがデカいパンツ穿いている」だとか、身の回りの出来事はほとんどトークのネタにして、自分自身をさらけ出しているのでリスナーとはもちろん、スタッフもテレビに比べると距離感が近く、非常に居心地がよいです。仕事でありながら仕事ではない、すごく説明が難しいんですが、きっと愛人宅みたいなものかと。本妻はありながら、週に一度だけ行く愛人宅でのソファでしか味わえない、あの安らぎと言いますか。いや、これはあくまでも想像ですよ、想像。僕は浮気なんてしませんから。

……多分しませんから。……しないんじゃないかな？　ま、ちょっと覚悟はしておけ。以前、どこかで聞いた話ですが、ラジオを聞いている時のほうがテレビを見ている時よりもより脳が活性化されるそうです。

「見なくても伝わる」

「十人聴けば十人違う映像が浮かぶ」

ハッピー鈴木と田名網も『ちょい都』でテレビとラジオの差、音でしか伝えられないラジオの強みを語っていましたが、ラジオは聞き手の想像力をかき立てます。三国志の軍勢も、紙で出来た金メダルをぶら下げた大学生も、リスナーそれぞれがそれぞれの脳のなかにその光景を思い浮かべたはずです。そして、それはちゃんと『思い出』になります。

面白いテレビ番組は山ほど見てきましたが、思い出というよりも記憶です。テレビで面白い話を見ても、思い出すのはその話をしているタレント本人の姿、よくて隣に座った出演者やセットぐらいですが、ラジオはその話を聞いている時、自分の中にあった光景が思い出としてあるんです。

先頃、惜しまれつつも30年間の歴史に幕を閉じた『大沢悠里のゆうゆうワイド』の中にあった『女のリポート』は本書の『ラストレター』のコーナーに近い雰囲気で、女性リスナーからの心温まるエピソードを優しいＢＧＭに乗せて悠里さんが朗読する僕も楽しみにしているコーナーでした。それもやはり僕の中ではしっかりと思い出として残っており、十数年前にプレゼントしたバーバリーのシャツをボロボロになっても旦那さんが着続けているというエピソードは印象的で、不思議なもので今でもそのシャツの柄を思い出せます。形も色も、ほつれ具合も。もちろん実際に見たわけではありませんし、そんな細かい説明などなかったんですが、それでも僕の中にはしっかり思い出として焼き付いています。

テレビはすごい発明です。作り手の伝えたいことはかなり近い形で多くの人に誤差なく伝わると思います。けど、逆にいえば伝わりすぎる。視聴者に委ねる部分があまりにない。今朝、車の中で聞いたラジオショッピングの熟成ハムの旨そうなこと。きっとテレビで見てもただのハムで終わっていたに違いありません。

ふと考えてみれば、さだまさしさんの曲もそうでした。歌とメロディーに合わせて思い出の景色がある。はじめて『風に立つライオン』を聞いた時のことを忘れません。飲みの席で知り合いの芸人が「風に立つライオンって凄い曲があるんだよ」と絶賛していたので、後日、CDショップでたまたま見かけて購入。その帰り道、車の中で流したのですが、狭い車内の中に突如として壮大なビクトリア湖が広がったのです。キリマンジャロの白い雪も、安っぽい仮装のサンタクロースに大喜びの子供たちの笑顔もそこにはありました。『雨やどり』のスヌーピーのハンカチも『親父の一番長い日』の電話を横目でチラチラ気にしている親父の顔も思い出としてあるんです。最小限の言葉がさださんの歌声とメロディーに押されて、僕たちの中にあるスクリーンに物語を映し出すのだと思います。

これからも歌に小説に僕たちにどんどん思い出を作ってくださることを楽しみにしております。駄文ではありますが、これを僕からのラストレターとさせていただきます。

最後に。

普段、なかなかテレビでは言えないので僕にも一度だけ言わせてください。

ラストレター、面白かったぞ！

このオ×××ヤロー！

（げきだんひとり／お笑い芸人）

ラストレター
朝日文庫

2016年12月30日　第1刷発行

著　者　さだまさし

発行者　友澤和子
発行所　朝日新聞出版
〒104-8011　東京都中央区築地5-3-2
電話　03-5541-8832（編集）
03-5540-7793（販売）

印刷製本　大日本印刷株式会社

ISBN978-4-02-264830-3